书·美好生活
Book & Life

书,当然要每日读。

都是可怜的人间

周作人 著

北京时代华文书局

目录

总序 周作人的"日常" / 董炳月　001
本书代序　采访周作人　007

幸得生而为人

自己所能做的　002
梦想之一　007
俞理初的诙谐　013
中年　018
我们的敌人　022
哑吧礼赞　025
小孩的委屈　028
死之默想　030
笠翁与兼好法师　033

I

于是只有郁闷

畏天悯人	038
夏夜梦	042
西山小品	052
两个鬼	058
教训之无用	060
无谓之感慨	062
中国的思想问题	065
关于宽容	073
医师礼赞	078
心中	082
关于失恋	087
关于孟母	092
关于英雄崇拜	096
祖先崇拜	099

日常的悲剧，平凡的伟大

若子的病	104
若子的死	108
死法	110
志摩纪念	114
武者先生和我	118
怀废名	122
玄同纪念	129
记杜逢辰君的事	134
半农纪念	139

谈儒家	144
《苦茶随笔》小引	147
贵族的与平民的	151
爱的创作	154
论骂人	158
女人骂街	161
论妒妇	166
论泄气	169
三天	172
卖药	174
半春	177
模糊	179
情理	183
辩解	185
宣传	189
常识	193
责任	195
编后记	197

总 序

周作人的"日常"

董炳月

中国社会科学院文学研究所研究员、博导
中国鲁迅研究会常务副会长、秘书长

周作人1967年5月6日离开人世，距今已经半个多世纪。他在八十岁那年的日记中表明心迹，说"人死声消迹灭最是理想"，但他这理想未能实现。他留下了大量著作与译作，留下了许多照片。他"活"在文学史上，"活"在当今的文化生活中。不言而喻，现在是"活"在这套丛书中。

周作人的神情，可谓超然、冷静。他中年之后的每一张照片，几乎都在展示那种出家人式的超然、冷静。周作人认为自己是和尚转世，在《五十自寿诗》中称"前世出家今在家"。光头，形象也接近出家人。相由心生，文如其人。周作人的超然、冷静，是可以用其作品来印证的。代表性的作品，就是那些说古道今、回忆往事的散文，谈茶、谈酒、谈点心、谈野菜、谈风雨的散文。也就是本丛书中《我这有限的一生》《都是可怜的人间》《日常生活颂歌》这三本散文集收录的作品。本质上，周作人的超然与冷静，与其散文的日常性密切相关。这种日常性，亦可称为"世俗性"或"庶民性"。在周作人这里，"日常"是一种价值，一种态度，也是一种书写方式。因此他追求"生活的艺术"，主张"平民文学"，获得了"自己的园地"。

年轻时代的周作人，也曾是忧国忧民、放眼世界的热血青年。五四时期，他投身新文化建设，倡导新村运动，参与发起了文学研究会。周作人获得超然、冷静的日常性，是在中年之后。确切地说是在1920年代中后期。他在1923年7月18日写给鲁迅的绝交信中说："大家都是可怜的人间。我以前的蔷薇的梦原来都是虚幻，现在所见的或者才是真的人生。我想订正我的思想，重新入新的生活。"人生观开始改变。1925年元旦写短文《元旦试笔》，声称"我的思想到今年又回到民族主义上来了。""五四时代我正梦想着世界主义，讲过许多迂远的话，去年春间收小范围，修改为亚洲主义。及清室废号迁宫以后，遗老遗少以及日英帝国的浪人兴风作浪，诡计阴谋至今未已，我于是又悟出自己之迂腐，觉得民国根基还未稳固，现在须得实事求是，从民族主义做起才好。"思想起伏颇大。1926年经历了"三一八惨案"的冲击，1928、1929年间写《闭户读书论》《哑吧礼赞》《麻醉礼赞》等文，于是进入"苦雨斋"，喝"苦茶"并且"苦住"，最终在世俗生活中建立起"日常"的价值观。不幸的是，1939年元旦遭枪击，在内外交困之中出任伪职。所幸，日本战败，晚年周作人在社会的边缘向日常性回归。《老虎桥杂诗》中的作品，就体现了这种回归。

上文所引"大家都是可怜的人间"一语中的"人间"是个日语汉字词，意思是"人"。鲁迅的《人之历史》一文，1907年12月在东京《河南》月刊上发表时，题目本是《人间之历史》。1926年鲁迅将其编入《坟》的时候，改文题中的"人间"为"人"。精通日语者，中文写作难免打上日语印记。不过，周作人这里使用的"人间"一词，大概也表达了一种超越个人的"人间情怀"。他1926年6月7日写的杂文《文人之娼妓观》，就引用了陀思妥耶夫斯基《罪与罚》中大学生拉斯科尔尼科夫的那句"我是跪在人类的一切苦难之前"，并说"这样伟大的精神总是值得佩服的"。词汇的微妙体现了思想的微妙。

在周作人这里，"日常"与"非日常"保持着或隐或显的对应关系。

周作人深受日本文化的影响，而日本文化的日常性、世俗性、庶民性正是他钟情的。他赞美日本人简单朴素的生活方式，喜爱日本浮世绘，翻译了日本名著《浮世澡堂》《浮世理发馆》。本丛书中清少纳言的《枕草子》与石川啄木的《从前的我也很可爱啊》,同样包含着这种日常性。

关于清少纳言与其《枕草子》,周作人在其中文译本的后记中做了说明。他将《枕草子》的内容分为三类——类聚、日记、感想,从其分类可见,"散文"之于《枕草子》,是体裁也是精神。早在1923年,周作人在《歌咏儿童的文学》一文中言及《枕草子》,即称赞其"叙述较详,又多记宫廷琐事,而且在机警之中仍留存着女性的优婉纤细的情趣,所以独具一种特色"。日常性,本是清少纳言观察生活的主要视角。她在《枕草子》中写道:"那些高贵的人的日常生活,是怎么样的呢?很是想知道,这岂不是莫名其妙的空想么?"(卷十二)推敲《枕草子》的书名,亦可推敲出散文式的自由与散漫。在日语中,"草子"本是"册子"(或"草纸")的谐音词,"枕草子"中的"草子"即"册子"之意。但是,为何是写作"枕草子"而不是写作"枕册子"?在我看来,写作"枕草子"的结果,是书名与日语固有词"草枕"(くさまくら)发生了关联。"草枕"一词体现了日本传统游记文学的自由精神。束草为枕,乃旅寝、暂眠之意。夏目漱石亦有小说名作《草枕》(1906年)。

石川啄木(1886—1912)二十六岁病故,与其说是英年早逝不如说是夭折。五四后期他就受到周作人的关注。周作人编译的现代日本小说集《两条血痕》(开明书店1927年出版),收录了石川啄木的同题小说《两条血痕》。周作人在这篇小说后面的译者附记(写于1922年8月1日)中介绍石川啄木的生平与创作,说《两条血痕》"是一种幼时的回忆,混合'诗与真实'而成,很有感人的力量。他的诗歌,尤为著名,曾译其诗五首登《新青年》九卷四号,又短歌二十一首,载在《努力》及《诗》第五号上"。至1959年翻译《可以吃的诗》,周作人翻译石川啄木作品的时间长达近四十年。他喜爱石川啄木的作品,不仅是因为石川作品混合了"诗与真实",也不仅是因为他与石川同样悲观于生命的偶然与短暂,而且与石川作品的日常性、日本性有关——结合石川的诗歌来看尤其如此。《一握砂》《可悲的玩具》两本诗集中,多有描写日常生活的诗。"扔在故乡的/路边的石头啊,/今年也被野草埋了吧。""茫然的/注视着书里的插画,/把烟草的烟喷上去看。"等等。有的诗吟咏的日常生活过于琐细,因此如果不反复阅读就无法品味其中近于禅味的诗意。这两本诗集收录的都是三行一首的短诗。这种"三行诗"的形式并非偶然形成,而是石川啄木受到其好友、歌人土岐善麿(1885—1980)罗马字诗集 *NAKIWARAI*(可译为《泣笑》)的三行诗启发,刻意追求的。在周作人看来,短小的形式最适合表现日本诗歌的美的特质。他在《日本的诗歌》(约作于1919年)一文中说:"短诗形的兴盛,在日本文学上,是极有意义的事。日本语很是质朴和谐,做成诗歌,每每优美有余,刚健不足;篇幅长了,便不免有单调的地方,所以自然以短为贵。"

  清少纳言与石川啄木，能够在日常生活中品出味道、发现美，是因为他们有一颗"日常"的心，并且身处日本的精细文化之中。在《枕草子》中，清少纳言描写日常生活情景之后，经常重复那句"这是有意思的"，可见其品味生活的自觉性。石川啄木，甚至能够把自己丰富的情感投射到海岛沙滩上的一把沙子（"一握砂"）中。这两位日本作家生活的时代相差近千年，而他们同样为周作人所喜爱。周作人翻译他们的作品，是发现、认同他们的同一性，也是发现自我。

  这五本书中，三本是创作，两本是翻译，但保持着精神与美学的一致性。由此能够读懂周作人，读懂他与日本文化的共鸣，读懂现代中国文化史的重要侧面。更重要的是，我们通过这种阅读，能够感受到丰富的日常性，深化对日常性的理解。对于我等往来于世俗生活之中的芸芸众生来说，"日常"是一种常态，是生命本身，因而是尊贵的。

2018年12月31日序于寒蝉书房

本书代序

采访周作人

井上红梅 著

董炳月 译

周作人乃鲁迅之弟，1885年生于浙江绍兴。曾就读于南京水师学堂，[1]后被作为建筑学研修生派来日本留学。明治三十八年[2]到东京，改变目的转入法政大学，后来从事文学研究。明治四十四年因辛亥××[3]回国，在浙江担任视学一年，执教绍兴中学四年，大正六年[4]入北京大学国史编纂处，不久被聘为同校教授，并一度担任燕京大学教授。后来在北京大学设立外国文学科，讲授日本文学，致力于中国新文学建设的指导，以至于今。有《域外小说集》（外国文学读本）、《过去的生命》（诗集）、《看云集》（随笔集）等著作。大正八年曾经来东京，这次是相隔十六年的访日。

问：您这次是为什么来日本？

---
〔1〕 即南京的江南水师学堂。
〔2〕 明治三十八年为1905年。这里的记述不确。周作人去日本是明治三十九年（1906）。
〔3〕 原文如此。忌"革命"一词，可见井上红梅的心态与当时日本的政治环境。明治四十四年为1911年。
〔4〕 大正六年即1917年。

答：我在北京大学外国文学科（英、德、法、日文学）讲授日本文学，很久没来日本了，这次是利用暑假来搜集资料。

问：日本文学的课程是怎样划分的？

答：从现代日语回溯到《万叶集》。[1]《万叶集》每周两课时，一年讲完，所以只能讲个大概。讲授这门课的是这次一起来日本的徐祖正先生。[2]

问：《万叶集》与苗族的山歌等等好像有类似之处。您怎么看？

答：是吗？这个问题我不太清楚。不过，《万叶集》与《诗经》倒是有类似之处。在率真地表达感情这方面，古人的共通点很多吧。

问：据说日语中的"汉音"是一种特殊的东西。先生对此有何高见？

答：有人说日语中保留着许多唐代的发音，对于唐音研究颇有参考价值。学习日语最初两年会觉得很容易，但越是深入就越难。法语、德语倒是让人觉得简单。

问：中国有没有和谣曲、能乐[3]类似的东西？

答：昆曲很相似，但昆曲是近代的东西。

问：昆曲里也有佛教的厌世思想吗？

答：昆曲是虽然也有《思凡》《白蛇传》等吸收了佛教思想的

---

[1] 《万叶集》为日本最早的诗歌总集。共二十卷，收录四世纪至八世纪诗歌四千五百多首。

[2] 徐祖正（1895—1978），即徐耀辰。早年留学日本，1922年归国，执教于北京高等师范学校，与周氏兄弟关系密切。为语丝社成员，和周作人一样钟情于武者小路实笃的作品。

[3] 能乐，日本古典歌舞剧，追求严谨的艺术性。镰仓时代（1190—1330）后期形成，十四世纪之后得到较大发展，延续至今。现在主要有五大流派：观世，宝生，金春，金刚，喜多。

作品,但大部分还是有所不同。这或许是因为受到了道教的现世思想的浸染。

问:现代日语的教材是哪些作品?

答:基本是明治文学。大部分尚未被译成汉语。例如幸田露伴、夏目漱石、高滨虚子、田山花袋、志贺直哉、佐藤春夫、长冢节等等。长冢节先生的《土》等作品很受学生欢迎。

问:被翻译成中文的一般是什么样的作品?

答:最初武者小路实笃先生[1]的作品颇受欢迎。那是因为五四运动时期有很多人对托尔斯泰的人道主义产生共鸣。文学理论方面,当时也是托尔斯泰的文学理论受重视。岛崎藤村、国木田独步、芥川龙之介、有岛武郎等人的作品也有翻译。菊池宽的作品被翻译过去的都是通俗小说,其中包括《再与我接个吻吧》等等。现在左派正在大量翻译普罗文学,[2]例如林房雄、小林多喜二、藤森成吉、德永直等人的作品。

问:尾崎红叶、泉镜花、永井荷风、谷崎润一郎等,您觉得这类作家的作品怎么样?

答:不受欢迎。

问:我觉得纯粹日本风格的东西在中国并不受欢迎,中国欢迎的是外国化了的日本。是这样吗?

---

[1] 武者小路实笃(1885—1976),日本大正时期的代表作家,白桦派领袖,日本新村运动创始人。五四时期与周作人关系密切。此次周作人访日,他专门在东京的新村堂为周举办欢迎会。

[2] 普罗文学即无产阶级革命文学。"普罗"是从英语的"无产者"(Proletariat)变为日语,缩写后又音译为汉语。

答：也许是那样。因为到目前为止还没有精通日语的人，读不懂。

问：先生的《域外小说集》开了介绍外国文学的先河。据说那时候还没有白话体，是使用古文忠实地进行翻译。

答：是的。那是明治四十二三年和家兄一起翻译的。第一集印了五百本，结果只卖出去十本，实在可怜。出乎意料的是现在反而畅销。现在那本书由上海的群益书社出版了第一集和第二集。

问：在那之前林琴南大量翻译了外国小说。据说那是一种特殊的东西，称之为"改写"也未尝不可。

答：确实如此。我们并非没有受过林琴南的影响，但是，从比他的古文更古的章炳麟的古文中接受的东西多。不过，我们是打算在尽量不违背原意的前提下下功夫翻译。

问：被收录的是哪些作家？

答：王尔德、莫泊桑、爱伦·坡、安特莱夫、显克维支等。

问：据说中国的欧美文学研究者如果不学日语的话，翻译的时候在表达上就会遇到困难。实际情形是那样吗？

答：外国文学作品都是直接从原文翻译。中国没有新词汇，所以从日语中借用。不懂日语的人也到《德日辞典》中去找词汇。不过那不称"日语"，而是称"新成语"。但是，俄语著作的翻译几乎全部以日语译文为依据。左派作家中留学日本的多，讨论热烈，知识丰富，但其理论并不能与创作实践统一起来。

问：关于鲁迅的文学理论和文学创作，您怎么看？

答：家兄加入左翼作家联盟之后，在文学理论研究方面下了很大功夫，但是，创作方面基本上没有拿出什么东西。理论搞过了头，对作品的要求也就更加严格，小说之类也就写不出来了。关于最近的鲁迅，您怎么看呢？

问：是的。在《文学》上读到了他的《我的种痘》[1]。和《呐喊》《彷徨》时代相比，风格基本上没有变化。鲁迅的小说揭露了旧社会的痼疾，展示了中世纪的社会形态在新文化冲击下急剧变化、统治者和被统治者同样在半信半疑中徘徊的景象。这一点好像是最受一般人欢迎的。不过，实际上，鲁迅小说耐人寻味的地方是对旧社会作富于同情的描写，在揭露社会痼疾的同时对社会怀有深切的关怀。我觉得，也许正是因为如此，他才没有流于其他作家的干瘪与枯燥，而能写出艺术蕴含丰富的作品。您以为如何？

答：是的，也有人试图把文艺作为政治运动和民族运动的手段来使用。

问：郁达夫的《迟桂花》等作品即日本所谓"心境小说"，您觉得那类东西怎么样？

答：受到了左派大规模的批判和贬损。总之，撞上左派的枪口谁都不是对手。在日本，经过明治、大正，各种外国文学都被消化过了，但是在中国，是一抬脚就飞向普罗文学。什么前提、根据都不要，只有"革命"是他们关心的。

问：德田秋声、宇野浩二的作品，中国有翻译吗？

答：宇野浩二的情况不清楚。德田秋声的作品连一篇都没有被

---

[1] 鲁迅此文发表于1933年8月1日上海《文学》月刊第1卷第2号。收入《集外集拾遗补编》。

翻译。

问：横光利一的作品也有了翻译。去年在《文学》上刊载的《拿破仑与金钱癖》似乎是横光作品中最初被翻译为中文的。

答：好像是。[1]那种作品翻译起来很困难。

问：通俗小说是怎样的东西？

答：有讨论，但作品还没有出现。中国的章回小说里有一种特殊的类型，随便虚构一个人物使故事继续下去，即所谓"连续小说"。也许可以算作通俗小说吧。那也被政治或者训导所利用。

问：据说上海的一位名叫张恨水的作家写了很多。

答：是的。艺术价值低，但很受大众欢迎。而且，那种作品的畅销构成了一个矛盾。一般说来，以革命为题材、以贫民为朋友的作品是受欢迎的。不过，左派对他的作品不满意，说他的作品里只有黑暗没有光明。

问：据说您的弟子中在文坛崭露头角的很多。

答：不，没有那种事。来学校听我讲课的人很多，但关系密切的只有两三位。俞平伯现有担任清华大学教授，他是俞曲园的曾孙，在中国文学研究方面自成一家，他经常写些评论。作家里有冯文炳和冰心女士。冯文炳笔名"废名"，现在担任北京大学英文科教授。他的《桃园》、《枣》、《桥》（上卷）以及《莫须有先生传》等作品已经由上海开明书店出版。前三个集子中的作品与铃木三重吉的风格类似。《莫须有先生传》是一种特殊的作品，受到庄

---

[1] 该表述不确。在《拿破仑与金钱癖》之前，横光利一的作品中有的已被译为中文。参阅陶明志编《周作人传》（北新书局1934年12月）所收黄源译文的说明。

子的文章和李义山诗的影响,大量吸收了支那固有的思想。象征手法的运用甚至会使读者在最初阅读的时候不易理解,但我觉得那种作品很好。社会改革家们如果把过去的、传统的东西彻底破坏,"中国"这种特色也就消失了。

问:这次来日本,有没有什么特别引起您注意的事情?

答:丸之内[1]的变化让我吃惊。还有交通事业的发达。

问:日本饭菜合先生的口味吗?

答:没问题,日本的东西我什么都喜欢。

——译自改造社《文艺》1934年9月第2卷第9号。

译者附记

1934年暑假,周作人携妻羽太信子往东京。7月11日离开北京到天津,乘大阪商船长城丸出发,14日上午到门司,15日到东京,停留约一个半月,8月28日离东京,30日自门司乘船离开日本回国。此间的日记中关于井上红梅的记载有两处:7月28日项下:"下午井上红梅君来访";8月4日项下:"上午改造社铃木来入浴同耀辰往访阪西君午返井上红梅又来未见下午一时同信子耀辰往浅草观音一参"。显然,上面这篇访谈是7月28日二人见面的结果。一周后"又来未见",可见周作人对井上红梅并不那么热情。

---

〔1〕 东京大手町、皇居外苑一带的繁华区被称作"丸之内"。

井上红梅，生卒年未详，一说为明治十四至昭和二十四年（1881—1949）。大正二年（1913）到上海漫游，著有《支那风俗》三卷，被称为"支那通"。昭和十一至十二年（1936—1937）参加改造社七卷本《大鲁迅全集》的翻译工作。在《改造》《文艺》等杂志上发表过介绍中国社会与文化的文字。

　　上面这篇访谈发表之后，黄源先生立即作了节译，译文收入陶明志所编《周作人论》。笔者查阅了日文原文后，发现黄源先生译出的部分只相当于原文的三分之一，所以这里将全文译出，以供国内学者参考。为照顾译文风格的统一，这里将黄源先生译过的部分作了重译。文中周作人对于日语及包括鲁迅在内的中国左翼作家等的认识与评价，均值得注意。（1998年夏记于东京）

幸得生而为人

自己所能做的

自己所能做的是什么？这句话首先应当问，可是不大容易回答。饭是人人能吃的，但是像我这一顿只吃一碗的，恐怕这就很难承认自己是能吧。以此类推，许多事都尚待理会，一时未便画供。这里所说的自然只限于文事，平常有时还思量过，或者较为容易说，虽然这能也无非是主观的，只是想能而已。我自己想做的工作是写笔记。清初梁清远著《雕丘杂录》卷八有一则云：

余尝言，士人至今日凡作诗作文俱不能出古人范围，即有所见，自谓创获，而不知已为古人所已言矣。惟随时记事，或考论前人言行得失，有益于世道人心者，笔之于册，如《辍耕录》《鹤林玉露》之类，庶不至虚其所学，然人又多以说家杂家目之。嗟乎，果有益于世道人心，即说家杂家何不可也。

又卷十二云：

余尝论文章无裨于世道人心即卷如牛腰何益，且今人文理粗通少知运笔者即各成文集数卷，究之只堪覆瓿耳，孰过而问焉。若人自成一说家如杂抄随笔之类，或纪一时之异闻，或抒一己之独见，小而技艺之精，大而政治之要，罔不叙述，令观者发其聪明，广其闻见，岂不足传世翼教乎哉？

不佞是杂家而非说家，对于梁君的意见很是赞同，却亦有差异的地方。我不喜掌故，故不叙政治，不信鬼怪，故不纪异闻，不作史论，故不评古人行为得失。余下来的一件事便是涉猎前人言论，加以辨别，披沙拣金，磨杵成针，虽劳而无功，于世道人心却当有益，亦是值得做的工作。中国民族的思想传统本来并不算坏，他没有宗教的狂信与权威，道儒法三家只是爱智者之分派，他们的意思我们也都很能了解。道家是消极的彻底，他们世故很深，觉得世事无可为，人生多忧患，便退下来愿以不才终天年，法家则积极的彻底，治天下不难，只消道之以政，齐之以刑，就可达到统一的目的。儒家是站在这中间的，陶渊明《饮酒》诗中云，"汲汲鲁中叟，弥缝使其淳，凤鸟虽不至，礼乐暂得新。"

这弥缝二字实在说得极好，别无褒贬的意味，却把孔氏之儒的精神全表白出来了。佛教是外来的，其宗教部分如轮回观念以及玄学部分我都不懂，但其小乘的戒律之精严，菩萨的誓愿之弘大，加到中国思想里来，很有一种补剂的功用。不过后来出了流弊，儒家成了士大夫，专想升官发财，逢君虐民，道家合于方士，去弄烧丹拜斗等勾当，再一转变而道士与和尚均以法事为业，儒生亦信奉《太上感应篇》矣。这样一来，几乎成了一篇糊涂账，后世的许多罪恶差不多都由此支持下来，除了抽雅片这件事在外。这些杂糅的东西一小部分纪录在书本子上，大部分都保留在各人的脑袋瓜儿里以及社会百般事物上面，我们对他不能有什么有效的处置，至少也总当想法侦察他一番，分别加以批判。希腊古哲有言曰，要知道你自己。我们凡人虽于爱智之道无能为役，但既幸得生而为人，于此一事总不可不勉耳。

这是一件难事情，我怎么敢来动手呢？当初原是不敢，也就是那么逼成的，好像是"八道行成"里的大子，各处彷徨之后往往走到牛角里去。三十年前不佞好谈文学，仿佛是很懂得文学似的，此外关于有好许多事也都要乱谈，及今思之，腋下汗出。后乃悔悟，详加检讨，凡所不能自信的事不敢再谈，实行孔子不知为不知的教训，文学铺之类遂关门了，但是别的店呢？孔子又云，知之为知之。到底还有什么是知的呢？没有固然也并不妨，不过一样一样的减掉之后，就是这样的减完了，这在我们凡人大约是不很容易做到的，所以结果总如碟子里留着的末一个点心，让他多少要多留一会儿。我们不能干脆的画一个鸡蛋，满意而去，所以在关了铺门的路旁仍不免要去摆一小摊，算是还有点货色，还在做生意。文学是专门学问，实是不知道，自己所觉得略略知道的只有普通知识，即是中学程度的国文，历史，生理和博物，此外还有数十年中从书本和经历得来的一点知识。这些实在凌乱得很，不新不旧，也新也旧，用一句土话来说，这种知识是叫做"三脚猫"的。三脚猫原是不成气候的东西，在我这里却又正有用处。猫都是四条腿的，有三脚的倒反而希奇了，有如刘海氏的三脚蟾，便有描进画里去的资格了。全旧的只知道过去，将来的人当然是全新的，对于旧的过去或者全然不顾，或者听了一点就大悦，半新半旧的三脚猫却有他的便利，有点像革命运动时代的老新党，他比革命成功后的青年有时更要急进，对于旧势力旧思想很不宽假，因为他更知道这里边的辛苦。我因此觉得也不敢自菲薄，自己相信关于这些事情不无一日之长，愿意尽我的力量，有所供献于社会。我不懂文学，但知道文章的好坏，不懂哲学玄学，但知道思想的健全与否。我谈文章，系根据自己写及读国文所得的经验，以文情并茂为贵。谈思想，系根据生物学、文化人类学、道德史、性的心理等的知识，考察儒释道法各家的意思，参酌而定，以情理并合为上。我的理想只是中庸，这似乎是平凡的东西，然而并不一定容易遇见，所以总觉得可称扬的太少，一面固似抱残守缺，一面又像偏喜诃佛骂祖，诚不得已也。不佞盖是少信的人，在现今信仰的时代有点不大抓得住时代，未免不很合式，但因此也正是必要的，语曰，良药苦口利于病，是也。

不佞从前谈文章谓有言志、载道两派，而以言志为是。或疑诗言志，文以载道，二者本以诗文分，我所说有点缠夹，又或疑志与道并无若何殊异，今我又屡言文之有益于世道人心，似乎这里的纠纷更是明白了。这所疑的固然是事出有因，可是说清楚了当然是查无实据。我当时用这两个名称的时候的确有一种主观，不曾说得明了，我的意思以为言志是代表《诗经》的，这所谓志即是诗人各自的情感，而载道是代表唐宋文的，这所谓道乃是八大家共通的教义，所以二者是绝不相同的。现在如觉得有点缠夹，不妨加以说明云：凡载自己之道者即是言志，言他人之志者亦是载道。我写文章无论外行人看去如何幽默不正经，都自有我的道在里边，不过这道并无祖师，没有正统，不会吃人，只是若大路然，可以走，而不走也由你的。我不懂得为艺术的艺术，原来是不轻看功利的，虽然我也喜欢明其道不计其功的话，不过讲到底这道还就是一条路，总要是可以走的才行。于世道人心有益，自然是件好事，我那里有反对的道理，只恐怕世间的是非未必尽与我相同，如果所说发其聪明，广其闻见，原是不错，但若必以江希张为传世而叶德辉为翼教，则非不佞之所知矣。

一个人生下到世间来不知道是偶然的还是必然的，但是无论如何，在生下来以后那总是必然的了。凡是中国人不管先天后天上有何差别，反正在这民族的大范围内没法跳得出，固然不必怨艾，也并无可骄夸，还须得清醒切实的做下去。国家有许多事我们固然不会也实在是管不着，那么至少关于我们的思想文章的传统可以稍加注意，说不上研究，就是辨别批评一下也好，这不但是对于后人的义务也是自己所有的权利，盖我们生在此地此时实是一种难得的机会，自有其特殊的便宜，虽然自然也就有其损失，我们不可不善自利用，庶不至虚负此生，亦并对得起祖宗与子孙也。语曰，秀才人情纸半张。又曰，千里送鹅毛，物轻情意重。如有力量，立功固所愿，但现在所能止此，只好送一张纸，大家莫嫌微薄，自己却也在警戒，所写不要变成一篇寿文之流才好耳。廿六年四月廿四日，在北京书。

梦想之一

鄙人平常写些小文章,有朋友办刊物的时候也就常被叫去帮忙,这本来是应该出力的。可是写文章这件事正如俗语所说是难似易的,写得出来固然是容容易易,写不出时却实在也是烦烦难难。《笑倒》中有一篇笑话云:

> 一士人赴试作文,艰于构思。其仆往候于试门,见纳卷而出者纷纷矣,日且暮,甲仆问乙仆曰,不知作文章一篇约有多少字。乙仆曰,想来不过五六百字。甲仆曰,五六百字难道胸中没有,到此时尚未出来。乙仆慰之曰,你勿心焦,渠五六百字虽在肚里,只是一时凑不起耳。

这里所说的凑不起实在也不一定是笑话,文字凑不起是其一,意思凑不起是其二。其一对于士人很是一种挖苦,若是其二则普通常常有之,我自己也屡次感到,有交不出卷子之苦。这里又可以分作两种情形,甲是所写的文章里的意思本身安排不好,乙是有着种种的意思,而所写的文章有一种对象或性质上的限制,不能安排的恰好。有如我平时随意写作，并无一定的对象，只是用心把我想说的意思写成文字，意思是诚实的，文字也还通达，在我这边的事就算完了，看的是些男女老幼，或是看了喜欢不喜欢，我都可以不管。若是预定要给老年或是女人看的，那么这就没有这样简单，至少是有了对象的限制，我们总不能说的太是文不对题，虽然也不必要揣摩讨好，却是不能没有什么顾忌。我常想要修小乘的阿罗汉果并不大难，难的是学大乘菩萨，不但是誓愿众生无边度，便是应以长者、居士、宰官、婆罗门妇女身得度者即现妇女身而为说法这一节，也就迥不能及，只好心向往之而已。这回写文章便深感到这种困难，踌躇好久，觉得不能再拖延了，才勉强凑合从平时想过的意思中间挑了一个，略为敷陈，聊以塞责，其不会写得好那是当然的了。

在不久以前曾写小文，说起现代中国心理建设很是切要，这有两个要点，一是伦理之自然化，一是道义之事功化。现在这里所想说明几句的就是这第一点。我在《蝃蝀与萤火》一文中说过：

> 中国人拙于观察自然，往往喜欢去把他和人事连接在一起。最显著的例，第一是儒教化，如乌反哺，羔羊跪乳，或枭食母，都一一加以伦理的附会。第二是道教化，如桑虫化为果蠃，腐草化为萤，这恰似仙人变形，与六道轮回又自不同。

说起来真是奇怪，中国人似乎对于自然没有什么兴趣，近日听几位有经验的中学国文教员说，青年学生对于这类教材不感趣味，这无疑是的确的事实，虽然不能明白其原因何在。我个人却很看重所谓自然研究，觉得不但这本身的事情很有意思，而且动植物的生活状态也就是人生的基本，关于这方面有了充分的常识，则对于人生的意义与其途径自能更明确的了解认识。平常我很不满意于从来的学者与思想家，因为他们于此太是怠惰了，若是现代人尤其是青年，当然责望要更为深切一点。我只看见孙仲容先生，在《籀庼述林》的一篇《与友人论动物学书》中，有好些很是明达的话，如云：

> 动物之学为博物之一科，中国古无传书。《尔雅》虫、鱼、鸟、兽、畜五篇唯释名物，罕详体性。《毛诗》《陆疏》旨在诂经，遗略实众。陆佃、郑樵之伦，撅拾浮浅，同诸自郐。……至古鸟、兽、虫、鱼种类今既多绝灭，古籍所纪尤疏略，非徒《山海经》《周书·王会》所说珍禽异兽荒远难信，即《尔雅》所云比肩民、比翼鸟之等咸不为典要，而《诗》《礼》所云螟蛉、蜾蠃，腐草为萤，以逮鹰、鸠、爵、蛤之变化，稽核物性亦殊为疏阔。……今动物学书说诸虫兽，有足者无多少皆以偶数，绝无三足者，《尔雅》有鳖三足能，龟三足贲，殆皆传之失实矣。……中土所传云龙、风虎休征瑞应，则揆之科学万不能通，今日物理既大明，固不必曲徇古人耳。

这里假如当作现代的常识看去，那原是极普通的当然的话，但孙先生如健在该是九十七岁了，却能如此说，正是极可佩服的事。现今已是民国甲申，民国的青年比孙先生至少要更年轻六十年以上，大部分也都经过高小初中出来，希望关于博物或生物也有他那样的知识，完全理解上边所引的话，那么这便已有了五分光，因为既不相信腐草为萤那一类疏阔的传说，也就同样的可以明了，羔羊非跪下不能饮乳（羊是否以跪为敬，自是别一问题），乌鸦无家庭，无从反哺，凡自然界之教训化的故事其原意虽亦可体谅，但其并非事实也明白的可以知道了。我说五分光，因为还有五分，这便是反面的一节，即是上文所提的伦理之自然化也。

我很喜欢《孟子》里的一句话，即是，人之所以异于禽兽者几希。这一句话向来也为道学家们所传道，可是解说截不相同。他们以为人禽之辨只在一点儿上，但是二者之间距离极远，人若逾此一线堕入禽界，有如从三十三天落到十八层地狱，这远才真叫得是远。我也承认人禽之辨只在一点儿上，不过二者之间距离却很近，仿佛是窗户里外只隔着一张纸，实在乃是近似远也。我最喜欢焦理堂先生的一节，屡经引用，其文云：

> 先君子尝曰，人生不过饮食男女，非饮食无以生，非男女无以生生。唯我欲生，人亦欲生，我欲生生，人亦欲生生，孟子好货好色之说尽之矣。不必屏去我之所生，我之所生生，但不可忘人之所生，人之所生生。循学《易》三十年，乃知先人此言圣人不易。

我曾加以说明云：

> 饮食以求个体之生存，男女以求种族之生存，这本是一切生物的本能，进化论者所谓求生意志，人也是生物，所以这本能自然也是有的。不过一般生物的求生是单纯的，只要能生存便不顾手段，只要自己能生存，便不惜危害别个的生存，人则不然，他与生物同样的要求生存，但最初觉得单独不能达到目的，须与别个联络，互相扶助，才能好好的生存，随后又感到

别人也与自己同样的有好恶，设法圆满的相处。前者是生存的方法，动物中也有能够做到的，后者乃是人所独有的生存的道德，古人云人之所以异于禽兽者几希，盖即此也。这人类的生存的道德之基本在中国即谓之仁，己之外有人，己亦在人中，儒与墨的思想差不多就包含在这里，平易健全，为其最大特色，虽云人类所独有，而实未尝与生物的意志断离，却正是其崇高的生长，有如荷花从莲根出，透过水面的一线，开出美丽的花，古人称其出淤泥而不染，殆是最好的赞语也。

人类的生存的道德既然本是生物本能的崇高化或美化，我们当然不能再退缩回去，复归于禽道，但是同样的我们也须留意，不可太爬高走远，以至与自然违反。古人虽然直觉的建立了这些健全的生存的道德，但因当时社会与时代的限制，后人的误解与利用种种原因，无意或有意的发生变化，与现代多有龃龉的地方，这样便会对于社会不但无益且将有害。比较笼统的说一句，大概其缘因出于与自然多有违反之故。人类摈绝强食弱肉，雌雄杂居之类的禽道，固是绝好的事，但以前凭了君父之名也做出好些坏事，如宗教战争，思想文字狱，人身卖买，宰白鸭与卖淫等，也都是生物界所未有的，可以说是落到禽道以下去了。我们没有力量来改正道德，可是不可没有正当的认识与判断，我们应当根据了生物学、人类学与文化史的知识，对于这类事情随时加以检讨，务要使得我们道德的理论与实际都保持水线上的位置，既不可不及，也不可过而反于自然，以致再落到淤泥下去。这种运动不是短时期与少数人可以做得成的，何况现在又在乱世，但是俗语说得好，人落在水里的时候第一是救出自己要紧,现在的中国人特别是青年最要紧的也是第一救出自己来,得救的人多起来了,随后就有救别人的可能。这是我现今仅存的一点梦想,至今还乱写文章,也即是为此梦想所眩惑也。民国甲申立春节。

俞理初的诙谐

俞理初著《癸巳存稿》卷四有《女》一篇云：

《白虎通》云，女，如也，从如人也。《释名》云，女，如也，青徐州曰娪。娪，忤也，始生时人意不喜，忤忤然也。《史记·外戚世家》，褚先生云，武帝时天下歌曰，生男勿喜，生女勿怒。《太平广记》《长恨歌传》云，天宝时人歌曰，生男勿喜欢，生女勿悲酸。则忤忤然怒而悲酸，人之常矣。《玉台新咏》，傅玄《苦相篇》云，苦相身为女，卑陋难再陈。男儿当门户，堕地自生神，雄心志四海，万里望风尘。生女无欣爱，不为家所珍，长大逃深室，藏头羞见人。垂泪适他乡，忽如雨绝云。低头私颜色，素齿结朱唇，跪拜无复数，婢妾如严宾。情合同云汉，葵藿仰阳春。心乖甚水火，百恶集其身。玉颜随年变，丈夫多好新，昔为形与影，今为胡与秦。胡秦时一见，一绝逾参辰。此谚所谓姑恶千辛，夫嫌万苦者也。《后汉书·曹世叔妻传》云，女宪曰，得意一人是谓永毕，失意一人是谓永讫，亦贵乎遇人之淑也。白居易《妇人苦》诗云，妇人一丧夫，终身守孤孑，有如林中竹，忽被风吹折，一折不重生，枯死犹抱节。男儿若丧妇，能不暂伤情，应似门前柳，逢春易发荣，风吹一枝折，还有一枝生。为君委曲言，愿君再三听，须知妇人苦，从此莫相轻。其言尤蔼然。《庄子·天道篇》云，尧告舜曰，吾不敖无告，不废穷民，苦死者，嘉孺子而哀妇人，此吾所以用心已。《书·梓材》，成王谓康叔，至于敬寡，至于属妇，合由以容。此圣人言也。《天方典礼》引谟罕墨特云，妻暨仆，民之二弱也，衣之食之，勿命以所不能。盖持世之人未有不计及此者。

俞君不是文人，但是我读了上文，觉得这在意思及文章上都很完善，实在是一篇上乘的文字，我虽然想学写文章，至今还不能写出能像这样的一篇来，自己觉得惭愧，却也受到一种激励。近来无事可为，重阅所收的清朝笔记，这一个月中间差不多检查了二十几种共四百余卷，结果才签出二百三十条，大约平均两卷里取一条的比例。但是更使我觉得奇异的是，笔记的好材料，即是说根据我的常识与趣味的二重标准认为中选的，多不出于有名的文人学士的著述之中，却都在那些悃愊无华的学究们的书里，如俞理初的《癸巳存稿》，郝兰皋的《晒书堂笔录》是也。讲到学问与诗文，清初的顾亭林与王渔洋总要算是一个人物了，可是读他们的笔记，便觉得可取的地方没有如预料的那么多。为什么呢？中国文人学士大抵各有他们的道统，或严肃的道学派或风流的才子派，虽自有其系统，而缺少温柔敦厚或淡泊宁静之趣，这在笔记文学中却是必要的，因此无论别的成绩如何，在这方面就难免很差了。这一点小事情却含有大意义，盖这里不但指示出看笔记的途径，同时也教了我写文章的方法也。

俞理初生于乾嘉时，《存稿》成于癸巳，距今已逾百年矣，而其见识乃极明达，甚可佩服，特别是能尊重人权，对于两性问题常有超越前人的公论，葵子民先生在《年谱》序中曾列举数例，加以赞扬，如上文所引亦是好例之一也。但是我读《存稿》，觉得另有一种特色，即是议论公平而文章乃多滑稽趣味，这也是很难得的事。戴醇士著《习苦斋笔记》有一则云：

> 理初先生，黟县人，予识于京师，年六十矣。口所谈者皆游戏语，遇于道则行无所适，南北东西，无可无不可。至人家，谈数语，辄睡于客座。问古今事，诡言不知。或晚间酒后，则原原本本无一字遗。予所识博雅者无出其右。

这是很有价值的一种记录，从日常言行一小节上可以使人得到好资料，去了解他文字思想上的有些特殊问题。《存稿》卷三《鲁二女》一篇中说《春秋》僖公十四年季姬及鄫子遇于防，公羊穀梁二家释为淫通，据《左传》反驳之，评云：

> 季姬盖老矣，遭家不造，为古贵妇人之失势者，不料汉人恕己度人，好言古女淫佚也。

又云：

> 听女淫佚，则《春秋》之法，公子出境，重至帅师，非君命不书，非告庙不书，淫佚有何喜庆，而命之策命，告之祖宗，固知瞀儒秽言无一可通者。

又卷三《书难字后》有一节云：

> 《说文》，亡从入从乚，为有亡，亦为亡失，唐人《语林》云，有亡之亡一点一画一乙，亡失之亡中有人，观篆文便

知。不知是何篆文有此二怪字，欲令人观之。

又关于欸乃二字云：

> 《冷斋夜话》引洪驹父言欸乃音奥，可为怪叹，反讥世人分欸乃为两字。此洪识难字诚多矣，然不似读书人也。

又有云：

> 又《短书》言宋乩神示古忠恕乃一笔书，退检古名帖，忠恕草书是中心如一四字。是不惟人荒谬，乩神亦荒谬也。

又卷四《师道正义》中云：

> 《枫窗小牍》言，宋仁宗时开封民聚童子教之，有因夏楚死者，为其父母所讼，当抵死。此则非人所为。师本以利，诚不爱钱，即谢去一二不合意之人亦非大损，乃苦守聚徒取钱本意而致出钱幼童于死，此其昧良尤不可留于人世也。

又云：

> 《东京梦华录》云，市学先生，春社秋社重五重九，预敛诸生钱作会，诸生归时各携花篮果实食物社糕而散。此固生财之道，近人情也。

卷十一《芭蕉》一文中谓南方雪中实有芭蕉，王维山中亦当有之，对于诸家评摩诘画乃神悟不在形迹诸说深不以为然，评曰：

> 世间此种言语，誉西施之颦耳，西施是日适不曾颦也。

卷十四《古本大学石刻记》中云：

> 明正德十三年七月，王守仁从《礼记》写出《大学》本文，其识甚高。时有张夏者辑《闽洛渊源录》，反极诋守仁倒置经文，盖张夏言道学，不暇料检五经，又所传陈澔《礼记》

中无《大学》,疑是守仁伪造。然朱子章句见在,为朱学者多以朱墨涂其章句之语,夏欲自附朱子,亦不全览朱子章句,致不知有旧本,可云奇怪。

后说及丰坊伪作石经本《大学》,周从龙作《遵古编》附和之,语多谬妄,评云,"此数人者慷慨下笔,殆有异人之禀。"又《愚儒莠书》中引宋人所记不近情理事以为不当有,但因古有类似传说,因仿以为书,不自知其愚也。篇末总结云,"著者含毫吮墨,摇头转目,愚鄙之状见于纸上也。"可谓穷形极相。古今来此类层出不尽,惜无人为一一指出,良由常人难得之故。盖常人者无特别希奇古怪的宗旨,只有普通的常识,即是向来所谓人情物理,寻常对于一切事物就只公平的看去,所见故较为平正真切,但因此亦遂与大多数的意思相左,有时也有反被称为怪人的可能,如汉孔文举、明李宏甫皆是,俞君正是幸而免耳。中国贤哲提倡中庸之道,现在想起来实在也很有道理,盖在中国最缺少的大约就是这个,一般文人学士差不多都有点异人之禀,喜欢高谈阔论,讲他自己所不知道的话,宁过无不及,此莠书之所以多也。如平常的人,有常识与趣味,知道凡不合情理的事既非真实,亦不美善,不肯附和,或更辞而辟之,则更大有益世道人心矣。俞理初可以算是这样一个伟大的常人了,不客气的驳正俗说,而又多以诙谐的态度出之,这最使我佩服,只可惜上下三百年此种人不可多得,深恐只手不能满也。民国二十六年九月八日,在北平苦雨斋。

中年

虽然四川开县有二百五十岁的胡老人，普通还只是说人生百年，其实这也还是最大的整数。若是人民平均有四五十岁的寿，那已经可以登入祥瑞志，说什么寿星见了。我们乡间称三十六岁为本寿，这时候死了，虽不能说寿考，也就不是夭折。这种说法我觉得颇有意思。日本兼好法师曾说，"即使长命，在四十以内死了最为得体，"虽然未免性急一点，却也有几分道理。

孔子曰，"四十而不惑。"吾友某君则云，人到了四十岁便可以枪毙。两样相反的话，实在原是盾的两面。合而言之，若曰，四十可以不惑，但也可以不不惑，那么，那时就是枪毙了也不足惜云尔。平常中年以后的人大抵胡涂荒谬的多，正如兼好法师所说，过了这个年纪，便将忘记自己的老丑。想在人群中胡混，执著人生，私欲益深，人情物理都不复了解，"至可叹息"是也。不过因为怕献老丑，便想得体地死掉，那也似乎可以不必。为什么呢？假如能够知道这些事情，就很有不惑的希望，让他多活几年也不碍事。所以在原则上我虽赞成兼好法师的话，但觉得实际上还可稍加斟酌，这倒未必全是为自己道地，想大家都可见谅的罢。

我决不敢相信自己是不惑，虽然岁月是过了不惑之年好久了，但是我总想努力不至于不不惑，不要人情物理都不了解。本来人生是一贯的，其中却分几个段落，如童年，少年，中年，老年，各有意义，都不容空过。譬如少年时代是浪漫的，中年是理智的时代，到了老年差不多可以说是待死堂的生活罢。然而中国凡事是颠倒错乱的，往往少年老成，摆出道学家超人志士的模样，中年以来重新来秋冬行春令，大讲其恋爱等，这样地跟着青年跑，或者可以免于落伍之讥，实在犹如将昼作夜，"拽直照原"，只落得不见日光而见月亮，未始没有好些危险。我想最好还是顺其自然，六十过后虽不必急做寿衣，唯一只脚确已踏在坟里，亦无庸再去请斯坦那赫博士结扎生殖腺了，至于恋爱则在中年以前应该毕业，以后便可应用经验与理性去观察人情与物理，即使在市街战斗或示威运动的队伍里少了一个人，实在也有益无损，因为后起的青年自然会去补充（这是说假如少年不是都老成化了，不在那里做各种八股），而别一队伍里也就多了一个人，有如退伍兵去研究动物学，反正于参谋本部的作战计划并无什么妨害的。

话虽如此，在这个当儿要使它不发生乱调，实在是不大容易的事。世间称四十左右曰危险时期，对于名利，特别是色，时常露出好些丑态，这是人类的弱点，原也有可以容忍的地方。但是可容忍与可佩服是绝不相同的事情，尤其是无惭愧地，得意似地那样做，还仿佛是我们的模范似地那样做，那么容忍也还是我们从数十年的世故中来最大的应许，若鼓吹护持似乎可以无须了罢。我们少年时浪漫地崇拜好许多英雄，到了中年再一回顾，那些旧日的英雄，无论是道学家或超人志士，此时也都是老年中年了，差不多尽数地不是显出泥脸便即露出羊脚，给我们一个不客气的幻灭。这有什么办法呢？自然太太的计画谁也难违拗它。风水与流年也好，遗传与环境也好，总之是说明这个的可怕。这样说来，得体地活着这件事或者比得体地死要难得多，假如我们过了四十却还能平凡地生活，虽不见得怎么得体，也不至于怎样出丑，这实在要算是傲天之幸，不能不知所感谢了。

  人是动物，这一句老实话，自人类发生以至地球毁灭，永久是实实在在的，但在我们人类则须经过相当年龄才能明白承认。所谓动物，可以含有科学家一视同仁的"生物"与儒教徒骂人的"禽兽"这两种意思，所以对于这一句话人们也可以有两样态度。其一，以为既同禽兽，便异圣贤，因感不满，以至悲观。其二，呼铲曰铲，本无不当，听之可也。我可以说就是这样地想，但是附加一点，有时要去综核名实言行，加以批评。本来棘皮动物不会肤如凝脂，怒毛上指栋的猫不打着呼噜，原是一定的理，毋庸怎么考核，无如人这动物是会说话的，可以自称什么家或主唱某主义等，这都是别的众生所没有的。我们如有闲一点儿，免不得要注意及此。譬如普通男女私情我们可以不管，但如见一个社会栋梁高谈女权或社会改革，却照例纳妾等等，那有如无产首领浸在高贵的温泉里命令大众冲锋，未免可笑，觉得这动物有点变质了。我想文明社会上道德的管束应该很宽，但应该要求诚实，言行不一致是一种大欺诈，大家应该留心不要上当。我想，我们与其伪善还不如真恶，真恶还是要负责任，冒危险。

我这些意思恐怕都很有老朽的气味，这也是没有法的事情。年纪一年年的增多，有如走路一站站的过去，所见既多，对于从前的意见自然多少要加以修改。这是得呢失呢，我不能说。不过，走着路专为贪看人物风景，不复去访求奇遇，所以或者比较地看得平静仔细一点也未可知。然而这又怎么能够自信呢？

我们的敌人

我们的敌人是什么？不是活人，乃是野兽与死鬼，附在许多活人身上的野兽与死鬼。小孩的时候，听了《聊斋志异》或《夜谈随录》的故事，黑夜里常怕狐妖僵尸的袭来；到了现在，这种恐怖是没有了，但在白天里常见狐妖僵尸的出现，那更可怕了。在街上走着，在路旁站着，看行人的脸色，听他们的声音，时常发见妖气，这可不是"画皮"么？谁也不能保证。我们为求自己安全起见，不能不对他们为"防御战"。

有人说，"朋友，小心点，像这样的神经过敏下去，怕不变成疯子，——或者你这样说，已经有点疯意也未可知。"不要紧，我这样宽懈的人哪里会疯呢？看见别人便疑心他有尾巴或身上长着白毛，的确不免是疯人行径，在我却不然，我是要用了新式的镜子从人群中辨别出这些异物而驱除之。而且这法子也并不烦难，一点都没有什么神秘：我们只须看他，如见了人便张眼露齿，口咽唾沫，大有拿来当饭之意，则必是"那件东西"，无论他在社会上是称作天地君亲师,银行家,拆白党或道学家。

据达尔文他们说,我们与虎狼狐狸之类讲起来本来有点远亲,而我们的祖先无一不是名登鬼箓的,所以我们与各色鬼等也不无多少世谊。这些话当然是不错的,不过远亲也好,世谊也好,他们总不应该借了这点瓜葛出来烦扰我们。诸位远亲如要讲亲谊,只应在山林中相遇的时节,拉拉胡须,或摇摇尾巴,对我们打个招呼,不必戴了骷髅来夹在我们中间厮混,诸位世交也应恬静的安息在草叶之阴,偶然来我们梦里会晤一下,还算有点意思,倘若像现在这样化作"重来"(Revenallts),居然现形于化日光天之下,那真足以骇人视听了。他们既然如此胡为,要来侵害我们,我们也就不能再客气了,我们只好凭了正义人道以及和平等等之名来取防御的手段。

听说昔者欧洲教会和政府为救援异端起见,曾经用过一个很好的方法,便是将他们的肉体用一把火烧了,免得他的灵魂去落地狱。这实在是存心忠厚的办法,只可惜我们不能采用,因为我们的目的是相反的;我们是要从这所依附的肉体里赶出那依附着的东西,所以应得用相反的方法。我们去拿许多桃枝柳枝,荆鞭蒲鞭,尽力的抽打面有妖气的人的身体,务期野兽幻化的现出原形,死鬼依托的离去患者,留下借用的躯壳,以便招寻失主领回。这些赶出去的东西,我们也不想"聚而歼旃",因为"嗖"的一声吸入瓶中用丹书封好重汤煎熬,这个方法现在似已失传,至少我们是不懂得用,而且天下大矣,万牲百鬼,汗牛充栋,实属办不胜办,所以我们敬体上天好生之德,并不穷追,只要兽走于炉,鬼归其穴,各安生业，不复相扰，也就可以罢手，随他们去了。

至于活人，都不是我们的敌人，虽然也未必全是我们的友人。——实在，活人也已经太少了，少到连打起架了也没有什么趣味了。等打鬼打完了之后（假使有这一天），我们如有兴致，喝一碗酒，卷卷袖子，再来比一比武，也好罢（比武得胜，自然有美人垂青等等事情，未始不好，不过那是《劫后英雄略》的情景，现在却还是《西游记》哪）。

哑吧礼赞

俗语云,"哑吧吃黄连",谓有苦说不出也。但又云,"黄连树下弹琴",则苦中作乐,亦是常有的事,哑吧虽苦于说不出话,盖亦自有其乐,或者且在吾辈有嘴巴人之上,未可知也。

普通把哑吧当作残废之一,与一足或无目等视,这是很不公平的事。哑吧的嘴既没有残,也没有废,他只是不说话罢了。《说文》云,"瘖,不能言病也。"就是照许君所说,不能言是一种病,但这并不是一种要紧的病,于嘴的大体用处没有多大损伤。查嘴的用处大约是这几种,(一)吃饭,(二)接吻,(三)说话。哑吧的嘴原是好好的,既不是缺少舌尖,也并不是上下唇连成一片,那么他如要吃喝,无论番菜或是"华餐",都可以尽量受用,决没有半点不便,所以哑吧于个人的荣卫上毫无障碍,这是可以断言的。至于接吻呢?既如上述可以自由饮啖的嘴,在这件工作当然也无问题,因为如荷兰威耳德(Van de Velde)医生在《圆满的结婚》第八章所说,接吻的种种大都以香味触三者为限,于声别无关系，可见哑吧不说话之绝不妨事了。归根结蒂，哑吧的所谓病还只是在"不能言"这一点上。据我看来，这实在也不关紧要。人类能言本来是多此一举，试看世间林林总总，一切有情，莫不自遂其生，各尽其性，何曾说一句话。古人云，"猩猩能言，不离禽兽，鹦鹉能言，不离飞鸟。"可怜这些畜生，辛辛苦苦，学了几句人家的口头语，结果还是本来的鸟兽，多被圣人奚落一番，真是何苦来。从前四只眼睛的仓颉先生无中生有地造文字，害得好心的鬼哭了一夜，我怕最初类猿人里那一匹直着喉咙学说话的时候，说不定还着实引起了原始天尊的长叹了呢。人生营营所为何事，"饮食男女，人之大欲存焉"，既于大欲无亏，别的事岂不是就可以随便了么？中国处世哲学里很重要的一条是，多一事不如少一事，如哑吧者，可以说是能够少一事的了。

语云，"病从口入，祸从口出"。说话不但于人无益，反而有害，即此可见。一说话，话中即含有臧否，即是危险，这个年头儿。人不能老说"我爱你"等甜美的话，——况且仔细检查，我爱你即含有我不爱他或不许他爱你等意思，也可以成为祸根。哲人见客寒暄，但云"今天天气……哈哈哈！"不再加说明，良有以也，盖天气虽无知，唯说其好坏终不甚妥，故以一笑了之。往读杨恽《报孙会宗书》，但记其"种一顷豆，落而为萁"等语，心窃好之，却不知杨公竟因此而腰斩，犹如湖南十五六岁的女学生们以读《落叶》（系郭沫若的，非徐志摩的《落叶》）而被枪决，同样地不可思议。然而这个世界就是这样不可思议的世界，其奈之何哉。几千年来受过这种经验的先民留下遗训曰，"明哲保身"。几十年来看惯这种情形的茶馆贴上标语曰，"莫谈国事"。吾家金人三缄其口，二千五百年来为世楷模，声闻弗替。若哑吧者岂非今之金人欤？

常人以能言为能，但亦有因装哑吧而得名者，并且上下古今这样的人并不很多，即此可知哑吧之难能可贵了。第一个就是那鼎鼎大名的息夫人。她以倾国倾城的容貌，做了两任王后，她替楚王生了两个儿子，可是没有对楚王说一句话。喜欢和死了的古代美人吊膀子的中国文人于是大做特做其诗，有的说她好，有的说她坏，各自发挥他们的臭美，然而息夫人的名声也就因此大起来了。老实说，这实是妇女生活的一场悲剧，不但是一时一地一人的事情，差不多就可以说是妇女全体的运命的象征。易卜生所作《玩偶之家》一剧中女主人公娜拉说，她想不到自己竟替漠不相识的男子生了两个子女，这正是息夫人的运命，其实也何尝不就是资本主义下的一切妇女的运命呢。还有一位不说话的，是汉末隐士姓焦名先的便是。吾乡金古良作《无双谱》，把这位隐士收在里面，还有一首赞题得好，"孝然独处，绝口不语，默隐以终，笑杀狐鼠。"

并且据说"以此终身，至百余岁"，则是装了哑吧，既成高士之名，又享长寿之福，哑吧之可赞美盖彰彰然明矣。

世道衰微，人心不古，现今哑吧也居然装手势说起话来了。不过这在黑暗中还是不能用，不能说话。孔子曰，"邦无道，危行言逊。"哑吧其犹行古之道也欤。

十八年十一月十三日，北平。

小孩的委屈

译完了《凡该利斯和他的新年饼》之后，发生了一种感想。小孩的委屈与女人的委屈，——这实在是人类文明上的大缺陷，大污点。从上古直到现在，还没有补偿的机缘，但是多谢学术思想的进步，理论上总算已经明白了。人类只有一个，里面却分作男、女及小孩三种；他们各是人种之一，但男人是男人，女人是女人，小孩是小孩，他们身心上仍各有差别，不能强为统一。以前人们只承认男人是人（连女人们都是这样想！），用他的标准来统治人类，于是女人与小孩的委屈，当然是不能免了。女人还有多少力量，有时略可反抗，使敌人受点损害，至于小孩受那野蛮的大人的处治，正如小鸟在顽童的手里，除了哀鸣还有什么法子？但是他们虽然白白的被牺牲了，却还一样的能报复，——加报于其父母！这正是自然的因果律。迂远一点说，如比比那的病废，即是宣告凡该利斯系统的凋落。切近一点说，如库多沙菲利斯（也是蔼氏所作的小说）打了小孩一个嘴巴，将他打成白痴，他自己也因此发疯。文中医生说，"这个疯狂却不是以父传子，乃是自子至父的！"著者又说，"这是一个悲惨的故事，但是你应该听听；这或者于你有益，因为你也是喜欢发怒的。"我们听了这些忠言，能不憬然悔悟？我们虽然不打小孩的嘴巴，但是日常无理的诃斥，无理的命令，以至无理的爱抚，不知无形中怎样的损伤了他们柔嫩的感情，破坏了他们甜美的梦，在将来的性格上发生怎样的影响！

——然而这些都是空想的话。在事实上，中国没有为将小孩打成白痴而发疯的库多沙菲利斯，也没有想"为那可怜的比比那的缘故"而停止吵架的凡该利斯。我曾经亲见一个母亲将她的两三岁的儿子放在高椅子上，自己跪在地上膜拜，口里说道，"爹呵，你为什么还不死呢！"小孩在高座上，同临屠的猪一样的叫喊。这岂是讲小孩的委屈问题的时候？至于或者说，中国人现在还不将人当人看，也不知道自己是人。那么，所有一切自然更是废话了。

死之默想

四世纪时希腊厌世诗人巴拉达思作有一首小诗道:

（Polla laleis，anthrōpe. ——Palladas）

你太饶舌了，人呵，不久将睡在地下；

住口罢，你生存时且思索那死。

这是很有意思的话。关于死的问题，我无事时也曾默想过（但不坐在树下，大抵是在车上），可是想不出什么来，——这或者因为我是个"乐天的诗人"的缘故吧。但其实我何尝一定崇拜死，有如曹慕管君，不过我不很能够感到死之神秘，所以不觉得有思索十日十夜之必要，于形而上的方面也就不能有所饶舌了。

窃察世人怕死的原因，自有种种不同，"以愚观之"可以定为三项，其一是怕死时的苦痛，其二是舍不得人世的快乐，其三是顾虑家族。苦痛比死还可怕，这是实在的事情。十多年前有一个远房的伯母，十分困苦，在十二月底想投河寻死（我们乡间的河是经冬不冻的），但是投了下去，她随即走了上来，说是因为水太冷了。

有些人要笑她痴也未可知，但这却是真实的人情。倘若有人能够切实保证，诚如某生物学家所说，被猛兽咬死痒苏苏地狠是愉快，我想一定有许多人裹粮入山去投身饲饿虎的了。可惜这一层不能担保，有些对于别项已无留恋的人因此也就不得不稍为踌躇了。

顾虑家族，大约是怕死的原因中之较小者，因为这还有救治的方法。将来如有一日，社会制度稍加改良，除施行善种的节制以外，大家不问老幼可以各尽所能，各取所需，凡平常衣食住，医药教育，均由公给，此上更好的享受再由个人自己的努力去取得，那么这种顾虑就可以不要，便是夜梦也一定平安得多了。不过我所说的原是空想，实现还不知在几十百千年之后，而且到底未必实现也说不定，那么也终是远水不救近火，没有什么用处。比较确实的办法还是设法发财，也可以救济这个忧虑。为得安闲的死而求发财，倒是狠高雅的俗事；只是发财大不容易，不是我们都能做的事，况且天下之富人有了钱便反死不去，则此亦颇有危险也。

人世的快乐自然是狠可贪恋的，但这似乎只在青年男女才深切的感到，像我们将近"不惑"的人，尝过了凡人的苦乐，此外别无想做皇帝的野心，也就不觉得还有舍不得的快乐。我现在的快乐只想在闲时喝一杯清茶，看点新书（虽然近来因为政府替我们储蓄，手头只有买茶的钱），无论他是讲虫鸟的歌唱，或是记贤哲的思想，古今的刻绘，都足以使我感到人生的欣幸。然而朋友来谈天的时候，也就放下书卷，何况"无私神女"（Atropos）的命令呢？我们看路上许多乞丐，都已没有生人乐趣，却是苦苦的要活着，可见快乐未必是怕死的重大原因；或者舍不得人世的苦辛也足以叫人留恋这个尘世罢。讲到他们，实在已是了无牵挂，大可"来去自由"，实际却不能如此，倘若不是为了上边所说的原因，一定是因为怕河水比彻骨的北风更冷的缘故了？

对于"不死"的问题，又有什么意见呢？因为少年时当过五六年的水兵，头脑中多少受了唯物论的影响，总觉得造不起"不死"这个观念来，虽然我狠喜欢听荒唐的神话。即使照神话故事所讲，那种长生不老的生活我也一点儿都不喜欢。住在冷冰冰的金门玉阶的屋里，吃着五香牛肉一类的麟肝凤脯，天天游手好闲，不在松树下着棋，便同金童玉女厮混，也不见得有什么趣味，况且永远如此，更是单调而且困倦了。又听人说，仙家的时间是与凡人不同的，诗云，"山中方七日，世上已千年，"所以烂柯山下的六十年在棋边只是半个时辰耳，那里会有日子太长之感呢？但是由我看来，仙人活了二百万岁也只抵得人间的四十春秋，这样浪费时间无神实际的生活，殊不值得费尽了心机去求得他；倘若二百万年后劫波到来，就此溘然，将被五十岁的凡夫所笑。较好一点的还是那西方凤鸟（Phoenix）的办法，活上五百年，便尔蜕去，化为幼凤，这样的轮回倒很好玩的，——可惜他们是只此一家，别人不能仿作。大约我们还只好在这被容许的时光中，就这平凡的境地中，寻得些须的安闲悦乐，即是无上幸福；至于"死后，如何？"的问题，乃是神秘派诗人的领域，我们平凡人对于成仙做鬼都不关心，于此自然就没有什么兴趣了。

笠翁与兼好法师

章实斋是一个学者,然而对于人生只抱着许多迂腐之见,如在《妇学篇书后》中所说者是。李笠翁当然不是一个学者,但他是了解生活法的人,决不是那些朴学家所能企及(虽然有些重男轻女的话也一样不足为训)。《笠翁偶集》卷六中有这一节:

人问,"执子之见,则老子'不见可欲,使心不乱'之说不几谬乎?"

予曰,"正从此说参来,但为下一转语:不见可欲,使心不乱,常见可欲亦能使心不乱。何也?人能屏绝嗜欲,使声色货利不至于前,则诱我者不至,我自不为人诱。——苟非入山逃俗,能若是乎?使终日不见可欲而遇之一旦,其心之乱也十倍于常见可欲之人,不如日在可欲中与此辈习处,则司空见惯浑闲事矣,心之不乱不大异于不见可欲而忽见可欲之人哉!老子之学,避世无为之学也;笠翁之学,家居有事之学也。"……

这实在可以说是性教育的精义。"老子之学"终于只是空想,勉强做去，结果是如圣安多尼的在埃及荒野上胡思乱想，梦见示巴女王与魔鬼，其心之乱也十倍于常人。余澹心在《偶集》序上说，"冥心高寄，千载相关，深恶王莽王安石之不近人情，而独爱陶元亮之闲情作赋"，真是极正确的话。

兼好法师是一个日本的和尚，生在十四世纪前半，正当中国元朝，作有一部随笔名《徒然草》，其中有一章云：

> 倘若阿太志野之露（阿太志野是墓地之名，鸟部山为火葬场所在地。）没有消时，鸟部山之烟也无起时，人生能够常住不灭，恐世间将更无趣味。人世无常，或者正是很妙的事罢。

> 遍观有生，唯人最长生。蜉蝣及夕而死，夏蝉不知春秋。倘若优游度日，则一岁的光阴也就很是长闲了。如不知厌足，那么虽过千年也不过一夜的梦罢。在不能常住的世间，活到老丑，有什么意思？"寿则多辱。"即使长命，在四十以内死了，最为得体。过了这个年纪，便将忘记自己的老丑，想在人群中胡混，到了暮年还爱恋子孙，希冀长寿得见他们的繁荣，执着人生，私欲益深，人情物理都不复了解，至可叹息。

这位老法师虽是说着佛老的常谈，却是实在了解生活法的。曹慕管是一个上海的校长，最近在《时事新报》上发表一篇论吴佩孚的文章，这样说道：

> 关为后人钦仰，在一死耳。……吴以上将，位居巡帅，此次果能一死，教育界中拜赐多矣。

死本来是众生对于自然的负债，不必怎样避忌，却也不必怎样欣慕。我们赞成兼好法师老而不死很是无聊之说，但也并不觉得活满四十必须上吊，以为非如此便无趣味。曹校长却把死（自然不是寿终正寝之类）看得珍奇，仿佛只要一个人肯"杀身成仁"，什么政治教育等事都不必讲，便能一道祥光，立刻把人心都摆正，现出一个太平世界。这种死之提倡，实在离奇得厉害。查野蛮人有以人为牺牲祈求丰年及种种福利的风俗，正是同一用意。然在野蛮人则可，以堂堂校长而欲牺牲吴上将以求天降福利于教育界，则"将何以训练一般之青年也乎，将何以训练一般之青年也乎"！

于是只有郁闷

畏天悯人

刘熙载著《艺概》卷一"文概"中有一则云：

> 畏天悯人四字见文中子《周公篇》，盖论《易》也。今读《中说》全书，觉其心法皆不出此意。

查《中说》卷四云：

> 文中子曰，《易》之忧患，业业焉，孜孜焉，其畏天悯人，思及时而动乎。

关于《周易》我是老实不懂，没有什么话说，《中说》约略翻过一遍，看不出好处来，其步趋《论语》的地方尤其讨厌，据我看来，文中子这人远不及王无功有意思。但是上边的一句话我觉得很喜欢，虽然是断章取义的，意义并不一样。

天就是"自然"。生物的自然之道是弱肉强食，适者生存。河里活着鱼虾虫豸，忽然水干了，多少万的生物立即枯死。自然是毫无感情的，《老子》称之曰天地不仁。人这生物本来也受着这种支配，可是他要不安分地去想，想出不自然的仁义来。仁义有什么不好，这是很合于理想的，只是苦于不能与事实相合。不相信仁义的有福了，他可以老实地去做一只健全的生物。相信的以为仁义即天道，也可以圣徒似地闭了眼祷告着过一生，这种人虽然未必多有。许多的人看清楚了事实却又不能抛弃理想，于是唯有烦闷。这有两条不同的路，但觉得同样地可怜。一是没有法。正如巴斯加耳说过，他受了自然的残害，一点都不能抵抗，可是他知道如此，而"自然"无知，只此他是胜过自然了。二是有法，即信自然是有知的。他也看见事实打坏了理想，却幻想这是自然用了别一方式去把理想实现了。说来虽似可笑，然而滔滔者天下皆是也，我们随便翻书，便可随时找出例子来。

最显明的例是讲报应。元来因果是极平常的事，正如药苦糖甜，由于本质，或杀人偿命，欠债还钱，是法律上所规定，当然要执行的。但所谓报应则不然。这是在世间并未执行，却由别一势力在另一时地补行之，盖是弱者之一种愿望也。前读笔记，见此类纪事很以为怪，曾云：

> 我真觉得奇怪，何以中国文人这样喜欢讲那一套老话，如甘蔗滓的一嚼再嚼，还有那么好的滋味。最显著的一例是关于所谓逆妇变猪这类的记事。在阮元的《广陵诗事》卷九中有这样的一则云云。阮云台本非俗物，于考据词章之学也有成就，乃喜纪录此等恶滥故事，殊不可解。

近日读郝懿行的诗文随笔，此君文章学识均为我所钦敬，乃其笔录中亦常未能免俗。又《袁小修日记》上海新印本出版，比所藏旧本多两卷，重阅一过，发见其中谈报应的亦颇不少，而且多不高明。

因此乃叹此事大难，向来乱读杂书，见关于此等事思想较清楚者只有清朝无名的两人，即汉军刘玉书、四川王侃耳。若大多数的人则往往有两个世界，前世造了孽，所以在这世无端地挨了一顿屁股或其他，这世作了恶，再拖延到死后去下地狱，这样一来，世间种种疑难杂事大抵也就可以解决了。

从报应思想反映出几件事情来。一是人生的矛盾。理想是仁义，而事实乃是弱肉强食。强者口说仁义，却仍吃着肉。皇帝的事情是不敢说的了，武人、官吏、土豪、流贼的无法无天怎么解说呢？这只能归诸报应，无论是这班杀人者将来去受报也好，或者被杀的本来都是来受报的也好，总之这矛盾就搪塞过去了。二是社会的缺陷。有许多恶事，在政治清明法律完备的国家大抵随即查办，用不着费阴司判官的心的，但是在乱世便不可能，大家只好等候侠客义贼或是阎罗老子来替他们出气，所以我颇疑《水浒传》《果报录》的盛行即是中国社会混乱的一种证据。可是也有在法律上不成大问题的，文人看了很觉得可恶，大有欲得而甘心之意，也就在他笔下去办他一下，那自然更是无聊，这里所反映出来的乃只是道学家的脾气罢了。

甘熙著《白下琐言》卷三有一则云：

> 正阳门外有地不生青草，为方正学先生受刑处。午门内正殿堤石上有一凹，雨后拭之血痕宛然，亦传为草诏时齿血所溅。盖忠义之气融结宇宙间，历久不磨，可与黄公祠血影石并传。

这类的文字我总读了愀然不乐。孟德斯鸠临终有言，据严幾道说，帝力之大如吾力之为微。人不承认自己的微，硬要说得阔气，这是很可悲的事。如上边所说，河水干了，几千万的鱼虾虫豸一齐枯死。一场恶战，三军覆没，一场株连，十族夷灭，死者以万千计。此在人事上自当看作一大变故，在自然上与前者事同一律，天地未必为变色，宇宙亦未必为震动也。河水不长则陆草生焉，水长复为小河，生物亦生长如故，战场及午门以至弼教坊亦然，土花石晕不改故常，方正学虽有忠义之气，岂能染污自然尺寸哉？俗人不悲方君的白死，宜早早湮没藉以慰安之，乃反为此等曲说，正如茅山道士讳虎噬为飞升，称被杀曰兵解，弥复可笑矣。曾读英国某人文云，世俗确信公理必得最后胜利，此不尽然，在教派中有先屈后伸者，盖因压迫者稍有所顾忌，芟夷不力之故，古来有若干宗派确被灭尽，遂无复孑遗。此铁冷的事实正纪录着自然的真相，世人不察，却要歪曲了来说，天让正人义士被杀了，还很爱护他，留下血迹以示褒扬。倘若真是如此，这也太好笑，岂不与猎师在客座墙上所嵌的一个鹿头相同了么？王彦章曰，豹死留皮，人死留名。豹的一生在长林丰草间，及为虎咬蛇吞，便干脆了事，不幸而死于猎户之手，多留下一张皮毛为贵人作坐垫，此正是豹之"兽耻"也。彦章武夫，不妨随便说，若明达之士应知其非。闻有法国诗人微尼氏曾作一诗曰"狼之死"，有画廊派哲人之风，是殆可谓的当的人生观欤。

附记

年纪大起来了，觉得应该能够写出一点冲淡的文章来吧。如今反而写得那么剑拔弩张，自己固然不中意，又怕看官们也不喜欢，更是过意不去。十月三日记。

夏夜梦

序言

乡间以季候定梦的价值，俗语云春梦如狗屁，言其毫无价值也。冬天的梦较为确实，但以"冬夜"（冬至的前夜）的为最可靠。夏秋梦的价值，大约只在有若无之间罢了。佛书里说，"梦有四种，一四大不和梦，二先见梦，三天人梦，四想梦。"后两种真实，前两种虚而不实。我现在所记的，既然不是天人示现的天人梦或豫告福德罪障的想梦，却又并非"或昼日见夜则梦见"的先见梦，当然只是四大不和梦的一种，俗语所谓"乱梦颠倒"。大凡一切颠倒的事，都足以引人注意，有纪录的价值，譬如中国现在报纸上所记的政治或社会的要闻，那一件不是颠倒而又颠倒的么？所以我也援例，将夏夜的乱梦随便记了下来。但既然是颠倒了，虚而不实了，其中自然不会含着什么奥义，不劳再请"太人"去占；反正是占不出什么来的。——其实要占呢,也总胡乱的可以做出一种解说,不过这占出来的休咎如何,我是不负责任的罢了。

一 统一局

仿佛是地安门外模样。西边墙上贴着一张告示,拥挤着许多人,都仰着头在那里细心的看,有几个还各自高声念着。我心里迷惑,这些人都是车夫么?其中夹着老人和女子,当然不是车夫了;但大家一样的在衣服上罩着一件背心,正中缀了一个圆图,写着中西两种的号码。正纳闷间,听得旁边一个人喃喃的念道,

"……目下收入充足,人民军等应该加餐,自出示之日起,不问女男幼老,应每日领米二斤,麦二斤,猪羊牛肉各一斤,马铃薯三斤,油盐准此,不得折减,违者依例治罪。

饮食统一局长三九二七鞠躬"

这个办法,写的很是清楚,但既不是平粜,又不是赈饥,心里觉得非常胡涂。只听得一个女人对着一个老头子说道,

"三六八(仿佛是这样的一个数目)叔,你老人家胃口倒还好么?"

"六八二——不,六八八二妹,那里还行呢!以前已经很勉强了,现今又添了两斤肉,和些什么,实在再也吃不下,只好拼出治罪罢了。"

"是呵,我怕的是吃土豆,每天吃这个,心里很腻的,但是又怎么好不吃呢。"

"有一回,还是只发一斤米的时候,规定凡六十岁以上的人应该安坐,无故不得直立,以示优待。我坐得不耐烦了,暂时立起,恰巧被稽查看见了,拉到平等厅去判了三天的禁锢。"

"那么,你今天怎么能够走出来的呢?"

"我有执照在这里呢。这是从行坐统一局里领来的,许可一日间不必遵照安坐条律办理。"

我听了这些莫名其妙的话,心想上前去打听一个仔细,那老人却已经看见了我,慌忙走来,向我的背上一看,叫道,

"爱克司兄,你为什么还没有注册呢?"

我不知道什么要注册,刚待反问的时候,突然有人在耳边叫道,

"干么不注册!"一个大汉手中拿着一张名片,上面写道"姓名统一局长一二三",正立在我的面前。我大吃一惊,回过身来撒腿便跑,不到一刻便跑的很远了。

二 长毛

我站在故乡老屋的小院子里。院子的地是用长方的石板铺成的;坐北朝南是两间"蓝门"的屋,子京叔公常常在这里抄《子史辑要》,——也在这里发疯;西首一间侧屋,屋后是杨家的园,长着许多淡竹和一棵棕榈。

这是"长毛时候"。大家都已逃走了,但我却并不逃,只是立在蓝门前面的小院子里,腰间仿佛挂着一把很长的长剑。当初以为

只有自己一个人，随后却见在院子里还有一个别人，便是在我们家里做过长年的得法，——或者叫做得寿也未可知。他同平常夏天一样，赤着身子，只穿了一条短裤，那猪八戒似的脸微微向下。我不曾问他，他也不说什么，只是忧郁的却很从容自在的站着。

大约是下午六七点钟的光景。他并不抬起头来，只喃喃的说道，"来了。"

我也觉得似乎来了，便见一个长毛走进来了。所谓长毛是怎样的人我并不看见，不过直觉他是个长毛，大约是一个穿短衣而拿一把板刀的人。这时候，我不自觉的已经在侧屋里边了；从花墙后望出去，却见得法（或得寿）已经恭恭敬敬的跪在地上，反背着手，专等着长毛去杀他了。以后的景致有点模胡了，仿佛是影戏的中断了一下，推想起来似乎是我赶出去，把长毛杀了。得法听得噗通的一颗头落地的声音，慢慢的抬起头来一看，才知道杀掉的不是自己，却是那个长毛，于是从容的立起，从容的走出去了。在他的迟钝的眼睛里并不表示感谢，也没有什么惊诧，但是因了我的多事，使他多要麻烦，这一种烦厌的神情却很明显的可以看出来了。

三　诗人

我觉得自己是一个诗人（当然是在梦中），在街上走着搜寻诗料。

我在护国寺街向东走去，看见从对面来了一口棺材。这是一口白皮的空棺，装在人力车上面，一个人拉着，慢慢的走。车的右边跟着一个女人，手里抱着一个一岁以内的孩子。她穿着重孝，但是身上的白衣和头上的白布都是很旧而且脏，似乎已经穿了一个多月了。她一面走，一面和车夫说着话，一点都看不出悲哀的样子。——她的悲哀大约被苦辛所冻住，所遮盖了罢。我想像死者是什么人，生者是什么人，以及死者和生者的过去，正抽出铅笔想写下来，他们却已经完全不见了。

这回是在西四北大街的马路上了。夜里骤雨初过，大路洗的很是清洁，石子都一颗颗的突出，两边的泥路却烂的像泥塘一般。东边路旁有三四个人立着呆看，我也近前一望，原来是一匹死马躺在那里。大车早已走了，撇下这马，头朝着南脚向着东的摊在路旁。这大约也只是一匹平常的马，但躺在那里，看去似乎很是瘦小，从泥路中间拖开的时候又翻了转面，所以他上边的面孔肚子和前后腿都是湿而且黑的沾着一面的污泥。他那胸腹已经不再掀动了，但是喉间还是咻咻的一声声的作响，不过这已经不是活物的声音，只是如风过破纸窗似的一种无生的音响而已。我忽然想到俄国息契特林的讲马的一生的故事《柯虐伽》，拿出笔来在笔记簿上刚写下去，一切又都不见了。

有了诗料，却做不成诗，觉得非常懊恼，但也徼幸因此便从梦中惊醒过来了。

四　狒狒之出笼

在著名的杂志《宇宙之心》上，发现了一篇惊人的议论，篇名叫做"狒狒之出笼"。大意说在毛人的时代，人类依恃了暴力，捕捉了许多同族的狒狒猩猩和大小猿猴，锁上铁链，关在铁笼里，强迫去作苦工。这些狒狒们当初也曾反抗过，但是终抵不过皮鞭和饥饿的力量，归结只得听从，做了毛人的奴隶。过了不知多少千年，彼此的皮毛都已脱去，看不出什么分别，铁链与笼也不用了，但是奴隶根性已经养成，便永远的成了一种精神的奴族。其实在血统上早已混合，不能分出阶级来了，不过他们心里有一种运命的阶级观，譬如见了人已的不平等，便安慰自己道，"他一定是毛人。我当然是一个狒狒，那是应该安分一点的。"因为这个缘故，彼此相安无事，据他们评论，道德之高足为世界的模范。……但是不幸据专门学者的考察，这个理想的制度已经渐就破坏，狒狒将要扭开习惯的锁索，出笼来了。出笼来的结果怎样，那学者不曾说明，他不过对于大家先给一个警告罢了。

这个警告出来以后，社会上顿时大起恐慌。大家——凡自以为不是狒狒的人们，——两个一堆，三个一攒的在那里讨论，想找出一个万全的对付策。他们的意见大约可以分作这三大派。

一，是反动派。他们主张恢复毛人时代的制度，命令各工厂"漏夜赶造"铁链铁笼，把所有的狒狒阶级拘禁起来，其正在赶造铁链等者准与最后拘禁。

二，是开明派。他们主张教育狒狒阶级，帮助他们去求解放，即使不幸而至于决裂，他们既然有了教育，也可以不会有什么大恐怖出现了。

三，是经验派。他们以为反动派与开明派都是庸人自扰，狒狒是不会出笼的。加在身上的锁索，一经拿去，人便可得自由；加在心上的无形的锁索的拘系，至少是终身的了，其解放之难与加上的时间之久为正比例。他们以经验为本，所以得这个名称，若从反动派的观点看去可以说是乐观派，在开明派这边又是悲观派了。

以上三派的意见，各有信徒，在新闻杂志上大加鼓吹，将来结果如何，还不能知道。反动派的主张固然太是横暴，而且在实际上也来不及；开明派的意见原要高明得多，但是在这一点上，也是一样的来不及了。因为那些自承为狒狒阶级的人虽没有阶级争斗的意思，却很有一种阶级意识；他们自认是一个狒狒，觉得是卑贱的，却同时仿佛又颇尊贵。所以他们不能忍受别人说话，提起他们的不幸和委屈，即使是十分同情的说，他们也必然暴怒，对于说话的人漫骂或匿名的揭帖，以为这人是侵犯了他们的威严了。而且他们又不大懂得说话的意思，尤其是讽刺的话，他们认真的相信，得到相反的结果，气轰轰的争闹。从这些地方看来，那开明派的想借文字言语企图心的革命的运动，一时也就没有把握了。

狒狒倘若真是出笼，这两种计画都是来不及的。——那么经验派的不出笼说是唯一的正确的意见么？我不能知道，须等去问"时间"先生才能分解。

这是那一国的事情，我醒来已经忘了，不过总不是出在我们震旦，特地声明一句。

五 汤饼会

是大户人家的厅堂里，正在开汤饼会哩。

厅堂两旁，男左女右的坐满了盛装的宾客。中间仿佛是公堂模样，放着一顶公案桌，正面坐着少年夫妻，正是小儿的双亲。案旁有十六个人分作两班相对站着，衣冠整肃，状貌威严，胸前各挂一条黄绸，上写两个大字道，"证人"。左边上首的一个人从桌上拿起一张文凭似的金边的白纸，高声念道，

"维一四天下，南瞻部洲，礼义之邦，摩诃萠罗利达国，大道德主某家降生男子某者，本属游魂，分为异物。披萝带荔，足御风寒；饮露餐霞，无须烟火。友螟蛄而长啸，赏心无异于闻歌；附萤火以夜游，行乐岂殊于秉烛。幽冥幸福，亦云至矣。尔乃罔知满足，肆意贪求：却夜台之幽静而慕尘世之纷纭，舍金刚之永生而就石火之暂寄。即此颛愚，已足怜悯；况复缘兹一念，祸及无辜，累尔双亲，铸成大错，岂不更堪叹恨哉？原夫大道德主某者，华年月貌，群称神仙中人，而古井秋霜，实受圣贤之戒，以故双飞蛱蝶，既未足喻其和谐，一片冰心，亦未能比其高洁也。乃缘某刻意受生，妄肆蛊惑，以致清芬犹在，白莲已失其花光，绿叶已繁，红杏倏成为母树。十月之危惧，三年之苦辛；一身濒于死亡，百乐悉以捐弃。所牺牲者既大，所耗费者尤多：就傅取妻，饮食衣被，初无储积，而擅自取携；猥云人子，实唯马蛭，言念及此，能不慨然。呜呼，使生汝而为父母之意志，则尔应感罔极之恩。使生汝而非父母之意志，则尔应负弥天之罪矣。今尔知恩乎，尔知罪乎？尔知罪

矣，则当自觉悟，勉图报称，冀能忏除无尽之罪于万一。尔应自知，自尔受生以至复归夜台，尽此一生，尔实为父母之所有，以尔为父母之罪人，即为父母之俘囚，此尔应得之罪也。尔其谨守下方之律令，勉为孝子，余等实有厚望焉。

计开

一，承认子女降生纯系个人意志，应由自己负完全责任，与父母无涉。

二，承认子女对于父母应负完全责任，并赔偿损失。

三，准第二条，承认子女为父母之所有物。

四，承认父母对于子女可以自由处置：

　　甲，随意处刑。

　　乙，随时变卖或赠与。

　　丙，制造成谬种及低能者。

五，承认本人之妻子等附属物间接为父母的所有物。

六，以感谢与满足承认上列律令。"

那人将这篇桐选合璧的文章念了，接着便是年月和那"游魂"——现在已经投胎为小儿了——的名字，于是右边上首的人恭恭敬敬的走下去，捉住抱在乳母怀里的小儿的两手，将他的大拇指捺在印色盒里，再把他们按在纸上署名的下面。以后是那十六个证人各着花押，有一两个写的是"一片中心"和"一本万利"的符咒似的文字，其余大半只押一个十字，也有画圆圈的，却画得很圆，并没有什么规角。末一人画圈才了，院子里便惊天动地的放起大小炮竹来，在这声响中间，听得有人大声叫道，"礼——毕！"于是这礼就毕了。

这天晚上,我正看着英国巴特勒的小说《虚无乡游记》,或者因此引起我这个妖梦,也未可知。

西山小品

一 一个乡民的死

我住着的房屋后面，广阔的院子中间，有一座罗汉堂。它的左边略低的地方是寺里的厨房，因为此外还有好几个别的厨房，所以特别称他作大厨房。从这里穿过，出了板门，便可以走出山上。浅的溪坑底里的一点泉水，沿着寺流下来，经过板门的前面。溪上架着一座板桥。桥边有两三棵大树，成了凉棚，便是正午也很凉快，马夫和乡民们常常坐在这树下的石头上，谈天休息着。我也朝晚常去散步。适值小学校的暑假，丰一到山里来，住了两礼拜，我们大抵同去，到溪坑底里去捡圆的小石头，或者立在桥上，看着溪水的流动。马夫的许多驴马中间，也有带着小驴的母驴，丰一最爱去看那小小的可爱而且又有点呆相的很长的脸。

大厨房里一总有多少人，我不甚了然。只是从那里出入的时候，在有一匹马转磨的房间的一角里，坐在大木箱的旁边，用脚踏着一枝棒，使箱内扑扑作响的一个男人，却常常见到。丰一教我道，那是寺里养那两匹马的人，现在是在那里把马所磨的麦的皮和粉分做两处呢。他大约时常独自去看寺里的马，所以和那男人很熟习，有时候还叫他，问他各种的小孩子气的话。

这是旧历的中元那一天。给我做饭的人走来对我这样说，大厨房里有一个病人很沉重了。一个月以前还没有什么，时时看见他出去买东西。旧历六月底说有点不好，到十多里外的青龙桥地方，找中医去看病。但是没有效验，这两三天倒在床上，已经起不来了。今天在寺里作工的木匠把旧板拼合起来，给他做棺材。这病好像是肺病。在他床边的一座现已不用了的旧灶里，吐了许多的痰，满灶都是苍蝇。他说了又劝告我，往山上去须得走过那间房的旁边，所以现在不如暂时不去的好。

我听了略有点不舒服。便到大殿前面去散步，觉得并没有想上山去的意思，至今也还没有去过。

这天晚上寺里有焰口施食。方丈和别的两个和尚念咒，方丈的徒弟敲钟鼓。我也想去一看，但又觉得麻烦，终于中止了，早早的上床睡了。半夜里忽然醒过来，听见什么地方有铙钹的声音，心里想道，现在正是送鬼，那么施食也将完了罢，以后随即睡着了。

早饭吃了之后，做饭的人又来通知，那个人终于在清早死掉了。他又附加一句道，"他好像是等着棺材的做成呢。"

怎样的一个人呢？或者我曾经见过也未可知，但是现在不能知道了。

他是个独身，似乎没有什么亲戚。由寺里给他收拾了，便在上午在山门外马路旁的田里葬了完事。

在各种的店里，留下了好些的欠账。面店里便有一元余，油酱店一处大约将近四元。店里的人听见他死了，立刻从账簿上把这一页撕下烧了，而且又拿了纸钱来，烧给死人。木匠的头儿买了五角钱的纸钱烧了。住在山门外低的小屋里的老婆子们，也有拿了一点点的纸钱来吊他的。我听了这话，像平常一样的，说这是迷信，笑着将他抹杀的勇气，也没有了。

一九二一年八月三十日作

二　卖汽水的人

我的间壁有一个卖汽水的人。在般若堂院子里左边的一角，有两间房屋，一间作为我的厨房，里边的一间便是那卖汽水的人住着。

一到夏天，来游西山的人很多，汽水也生意很好。从汽水厂用一块钱一打去贩来，很贵的卖给客人。倘若有点认识，或是善于还价的人，一瓶两角钱也就够了，否则要卖三四角不等。礼拜日游客多的时候，可以卖到十五六元，一天里差不多有十元的利益。这个卖汽水的掌柜本来是一个开着煤铺的泥水匠，有一天到寺里来作工，忽然想到在这里来卖汽水，生意一定不错，于是开张起来。自己因为店务及工作很忙碌，所以用了一个伙计替他看守，他不过偶然过来巡阅一回罢了。伙计本是没有工钱的，火食和必要的零用，由掌柜供给。

我到此地来了以后，伙计也换了好几个了，近来在这里的是，一个姓秦的二十岁上下的少年，体格很好，微黑的圆脸，略略觉得有点狡狯，但也有天真烂漫的地方。

卖汽水的地方是在塔下，普通称作塔院。寺的后边的广场当中，筑起一座几十丈高的方台，上面又竖着五枝石塔，所谓塔院便是这高台的上边。从我的住房到塔院底下，也须走过五六十级的台阶，但是分作四五段，所以还可以上去，至于塔院的台阶总有二百多级，而且很峻急，看了也要目眩，心想这一定是不行罢，没有一回想到要上去过。塔院下面有许多大树，很是凉快，时常同了丰一，到那里看石碑，随便散步。

有一天，正在碑亭外走着，秦也从底下上来了。一只长圆形的柳条篮套在左腕上，右手拿着一串连着枝叶的樱桃似的果实。见了丰一，他突然伸出那只手，大声说道，"这个送你。"丰一跳着走去，也大声问道，

"这是什么？"

"郁李。"

"那里拿来的？"

"你不用管。你拿去好了。"他说着，在狡狯似的脸上现出亲和的微笑，将果实交给丰一了。他嘴里动着，好像正吃着这果实。我们拣了一颗红的吃了，有李子的气味，却是很酸。丰一还想问他什么话，秦已经跳到台阶底下，说着"一二三"，便两三级当作一步，走了上去，不久就进了塔院第一个的石的穹门，随即不见了。

这已经是半月以前的事情了。丰一因为学校将要开始，也回到家里去了。

昨天的上午，掌柜的侄子飘然的来了。他突然对秦说，要收店了，叫他明天早上回去。这事情太鹘突，大家都觉得奇怪，后来仔细一打听，才知道因为掌柜知道了秦的作弊，派他的侄子来查办的。三四角钱卖掉的汽水，都登了两角的账，余下的都没收了存放在一个和尚那里，这件事情不知道有谁用了电话告诉了掌柜。侄子来了之后，不知道又在那里打听了许多话，说秦买怎样的好东西吃，半个月里吸了几盒的香烟，于是证据确凿，终于决定把他赶走了。

秦自然不愿意出去，非常的颓唐，说了许多辩解，但是没有效。到了今天早上，平常起的很早的秦还是睡着，侄子把他叫醒，他说是头痛，不肯起来。然而这也是无益的了，不到三十分钟的工夫，秦悄然的出了般若堂去了。

我正在有那大的黑铜的弥勒菩萨坐着的门外散步。秦从我的前面走过，肩上搭着被囊，一边的手里提了盛着一点点的日用品的那一只柳条篮。从对面来的一个寺里的佃户见了他问道，

"哪里去呢？"

"回北京去！"他用了高兴的声音回答，故意的想隐藏过他的忧郁的心情。

我觉得非常的寂寥。那时在塔院下所见的浮着亲和的微笑的狡狯似的面貌，不觉又清清楚楚的再现在我的心眼的前面了。我立住了，暂时望着他走下那长的石阶去的寂寞的后影。

八月三十日在西山碧云寺

这两篇小品是今年秋天在西山时所作，寄给几个日本的朋友所办的杂志《生长的星之群》，登在一卷九号上，现在又译成中国语，发表一回。虽然是我自己的著作，但是此刻重写，实在只是译的气分，不是作的气分。中间隔了一段时光，本人的心情已经前后不同，再也不能唤回那时的情调了。所以我一句一句的写，只是从别一张纸上誊录过来，并不是从心中沸涌而出，而且选字造句等翻译上的困难也一样的围困着我。这一层虽然不能当作文章拙劣的辩解，或者却可以当作他的说明。一九二一年十二月十五日附记。

两个鬼

在我的心头住着Du Daimone，可以说是两个——鬼。我踌躇着说鬼，因为他们并不是人死所化的鬼，也不是宗教上的魔，善神与恶神，善天使与恶天使。他们或者应该说是一种神，但这似乎太尊严一点了，所以还是委屈他们一点称之曰鬼。

这两个是什么呢？其一是绅士鬼，其二是流氓鬼。据王学的朋友说人是有什么良知的，教士说有灵魂，维持公理的学者们也说凭着良心，但我觉得似乎都没有这些，有的只是那两个鬼，在那里指挥我的一切的言行。这是一种双头政治，而两个执政还是意见不甚协和的，我却像一个钟摆在这中间摇着。有时候流氓占了优势，我便跟了他去仿徨，什么大街小巷的一切隐密无不知悉，酗酒，斗殴，辱骂，都不是做不来的，我简直可以成为一个精神上的"破脚骨"。但是在我将真正撒野，如流氓之"开天堂"等的时候，绅士大抵就出来高叫"带住，着即带住！"说也奇怪，流氓平时不怕绅士，到得他将要撒野，一听绅士的吆喝，不知怎的立刻一溜烟地走了。可是他并不走远，只在巷头巷尾探望，他看绅士领了我走，学习对淑女们的谈吐与仪容，渐渐地由说漂亮话而进于摆臭架子，于是他又赶出来大骂道，"Nohk oh dausangtzr keh niarngsaeh, fiaulctòng tserntseuzeh doodzang kaeh moavaeh toang yuachu！"（案此流氓文大半有音无字，故今用拼音，文句也不能直译，大意是说"你这混帐东西，不要臭美，肉麻当作有趣"。）这一下子，棋又全盘翻过来了。而流氓专政即此渐渐地开始。

诺威的巨人易卜生有一句格言曰，"全或无。"诸事都应该澈底才好，那么我似乎最好是去投靠一面，"以身报国"似的做去，必有发达之一日，一句话说，就是如不能做"受路足"的无赖便当学为水平线上的乡绅。不过我大约不能够这样做。我对于两者都有点舍不得，我爱绅士的态度与流氓的精神。绅士不肯"叫一个铲子是铲子"，我想也是对的，倘若叫铲子便有了市侩的俗恶味，但是也不肯叫作别的东西那就很错了。我不很愿意在作文章时用电码八三一一，然而并不是不说，只是觉得可以用更好的字，有时或更有意思。我为这两个鬼所迷，着实吃苦不少，但在绅士的从肚脐画一大圈及流氓的"村妇骂街"式的言语中间，也得到了不少的教训，这总算还是可喜的。我希望这两个鬼能够立宪，不，希望他们能够结婚，倘若一个是女流氓，那么中间可以生下理想的王子来，给我们作任何种的元首。

教训之无用

蔼理斯在《道德之艺术》这一篇文章里说,"虽然一个社会在某一时地的道德,与别个社会——以至同社会在异时异地的道德决不相同,但是其间有错综的条件,使它发生差异,想故意的做成它显然是无用的事。一个人如听人家说他做了一本'道德的'书,他既不必无端的高兴,或者被说他的书是'不道德的',也无须无端的颓丧。这两个形容词的意义都是很有限制的。在群众的坚固的大多数之进行上面,无论是甲种的书或乙种的书都不能留下什么重大的影响。"

斯宾塞也曾写信给人,说道德教训之无效。他说,"在宣传了爱之宗教将近二千年之后,憎之宗教还是很占势力;欧洲住着二万万的外道,假装着基督教徒,如有人愿望他们照着他们的教旨行事,反要被他们所辱骂。"

这实在都是真的。希腊有过梭格拉底,印度有过释迦,中国有过孔老,他们都被尊为圣人,但是在现今的本国人民中间他们可以说是等于"不曾有过"。我想这原是当然的，正不必代为无谓地悼叹。这些伟人倘若真是不曾存在，我们现在当不知怎么的更是寂寞，但是如今既有言行流传，足供有艺术趣味的人的欣赏，那就尽够好了。至于期望他们教训的实现，有如枕边摸索好梦，不免近于痴人，难怪要被骂了。

对于世间"不道德的"文人，我们同圣人一样的尊敬他。他的"教训"在群众中也是没有人听的，虽然有人对他投石，或袖着他的书，——但是我们不妨听他说自己的故事。

无谓之感慨

中午抽空往东单牌楼书店一看，赊了几本日文书来，虽然到月底索去欠款，好像是被白拿去似的懊恼，此刻却很是愉快。其中有一本是安倍能成的《山中杂记》，是五十一篇的论文集。记述人物的，如正冈子规，夏目漱石，数藤，该倍耳诸文，都很喜读，但旅行及山村的记述觉得最有趣味，更引起我几种感慨。

大家都说旅行是极愉快的事，读人家的纪行觉得确是如此，但我们在中国的人，似乎极少这样幸福。我从前走路总是逃难似的（从所谓实用主义教育的眼光看去，或者也是一种有益的练习），不但船上车上要防备谋财害命，便是旅馆里也没有一刻的安闲，可以休养身心的疲劳，自新式的新旅社以至用高粱杆为床铺的黄河边小船栈，据我所住过的无一不是这样，至于茶房或伙计大抵是菜园子张清的徒弟一流，尤其难与为伍。譬如一条崎岖泥泞的路（大略如往通州的国道），有钱坐了汽车，没有钱徒步的走，结果是一样的不愉快，一样的没有旅行的情趣。日本便大不相同，读安倍的文章,殊令人羡慕他的幸福,——其实也是当然的事,不过在中国没有罢了。

三年前曾在西山养病数月,这是我过去的唯一的山居生活。比起在城里,的确要愉快得多,但也没有什么特别可怀念的地方,除了几株古老的树木以外。无论住在中国的那里,第一不合意的是食物的糟糕。淡粥也好,豆腐青菜也好,只要做得干净,都很可以吃,中国却总弄得有点不好看相,总有点厨子气,就很讨嫌了。龌龊不是山村的特色,应当是清淡闲静。中国一方面保留着旧的龌龊,一面又添上新的来——一座烂泥墙和一座红砖墙,请大家自己选择。安倍在《山中杂记》的末节里说,

> 这个山上寺境内还严禁食肉蓄妻,我觉得还有意思。我希望到这山上来的人不要同在世间一般贪鲜肥求轻暖,应守清净乐静寂才好,又希望寺内的人把山上造成一个修道院,使上山来的人感到一种与世间不同的空气。日本现在的趋势,从各方面说来,在渐渐的破坏那闲静的世界。像我们这样的穷书生,眼见这样的世界渐渐不易寻求,不胜慨叹。我极望山上的当事者不要以宿院为营业,长为爱静寂与默想的人们留一个适当的地方,供他的寄居。

我对于这一节话十分同意,——不过中国本来没有什么闲静的世界,所以这也是废话而已。

临了,把《山中杂记》阖上之后,又发生了第三个感慨(我也承认这是亡国之音),这一类的文章,我们做不出,不仅是才力所限,实在也为时势所迫,还没有这样余裕。可怜,我们还不得不

花了力气去批评华林，柳翼谋，曹慕管诸公的妙论，还在这里拉长了脸力辩"二五得一十"，那有谈风月的工夫？我们之做不出好文章，人也，亦天也，呜呼。十三年十二月十日。

中国的思想问题

中国的思想问题，这是一个重大的问题，但是重大，却并不严重。本人平常对于一切事不轻易乐观，唯独对于中国的思想问题却颇为乐观，觉得在这里前途是很有希望的。中国近来思想界的确有点混乱，但这只是表面一时的现象，若是往远处深处看去，中国人的思想本来是很健全的，有这样的根本基础在那里，只要好好的培养下去，必能发生滋长，从这健全的思想上造成健全的国民出来。

这中国固有的思想是什么呢？有人以为中国向来缺少中心思想，苦心的想给他新定一个出来，这事很难，当然不能成功，据我想也是可不必的，因为中国的中心思想本来存在，差不多几千年来没有什么改变。简单的一句话说，这就是儒家思想。可是，这又不能说的太简单了，盖在没有儒这名称之前，此思想已经成立，而在士人已以八股为专业之后也还标榜儒名，单说儒家，难免淆混不清，所以这里须得再申明之云，此乃是以孔孟为代表，禹稷

为模范的那儒家思想。举实例来说最易明了,《孟子》卷四《离娄下》云:

> 禹稷当平世,三过其门而不入,孔子贤之。颜子当乱世,居于陋巷,一箪食,一瓢饮,人不堪其忧,颜子不改其乐,孔子贤之。孟子曰,禹稷颜回同道。禹思天下有溺者,由己溺之也,稷思天下有饥者,由己饥之也,是以如是其急也。禹稷颜子易地则皆然。

卷一《梁惠王上》云:

> 五亩之宅,树之以桑,五十者可以衣帛矣。鸡豚狗彘之畜,无失其时,七十者可以食肉矣。百亩之田,勿夺其时,数口之家可以无饥矣。谨庠序之教,申之以孝悌之义,颁白者不负戴于道路矣。七十者衣帛食肉,黎民不饥不寒,然而不王者未之有也。

后者所说具体的事,所谓仁政者是也,前者是说仁人之用心,所以儒家的根本思想是仁,分别之为忠恕,而仍一以贯之,如人道主义的名称有误解,此或可称为人之道也。阮伯元在《论语论仁谕》中云:

> 《中庸》篇,仁者人也。郑康成注,读如相人偶之人。相人偶者谓人之偶之也,凡仁必于身所行者验之而始见,亦必有二人而仁乃见,若一人闭户斋居,瞑目静坐,虽有德理在心,终不得指为圣门所谓之仁矣。盖士庶人之仁见于宗族乡党,天子诸侯卿大夫之仁见于国家臣民,同一相人偶之道,是必人与人相偶而仁乃见也。

这里解说儒家的仁很是简单明了，所谓为仁直捷地说即是做人，仁即是把他人当做人看待，不但消极的己所不欲勿施于人，还要以己所欲施于人，那就是己欲立而立人，己欲达而达人，更进而以人之所欲施之于人，那更是由恕而至于忠了。章太炎先生在《菿汉微言》中云：

> 仲尼以一贯为道为学，贯之者何，只忠恕耳。诸言絜矩之道，言推己及人者，于恕则已尽矣。人食五谷，麋鹿食荐，即且甘带，鸱鸦嗜鼠，所好未必同也，虽同在人伦，所好高下亦有种种殊异，徒知絜矩，谓以人之所好与之，不知适以所恶与之，是非至忠焉能使人得职耶。尽忠恕者是唯庄生能之，所云齐物即忠恕两举者也。二程不悟，乃云佛法厌弃己身，而以头目脑髓与人，是以己所不欲施人也，诚如是者，鲁养爰居，必以太牢九韶耶。以法施人，恕之事也，以财及无畏施人，忠之事也。

忠恕两尽，诚是为仁之极致，但是顶峰虽是高峻，其根础却也很是深广，自圣贤以至凡民，无不同具此心，各得应其分际而尽量施展，如阮君所言，士庶人之仁见于宗族乡党，天子诸侯卿大夫之仁见于国家臣民，有如海水中之盐味，自一勺以至于全大洋，量有多少而同是一味也。还有一点特别有意义的，我们说到仁仿佛是极高远的事，其实倒是极切实，也可以说是卑近的，因为他的根本原来只是人之生物的本能。焦理堂著《易余龠录》卷十二有一则云：

> 先君子尝曰，人生不过饮食男女，非欲食无以生，非男女无以生生。唯我欲生，人亦欲生，我欲生生，人亦欲生生，孟

子好货好色之说尽之矣。不必屏去我之所生，我之所生生，但不可忘人之所生，人之所生生。循学《易》三十年，乃知先人此言圣人不易。

案《礼记·礼运篇》云：

饮食男女，人之大欲存焉，死亡贫苦，人之大恶存焉。

说的本是同样的道理，但经焦君发挥，意更明显。饮食以求个体之生存，男女以求种族之生存，这本是一切生物的本能，进化论者所谓求生意志，人也是生物，所以这本能自然也是有的。不过一般生物的求生是单纯的，只要能生存便不问手段，只要自己能生存，便不惜危害别个的生存，人则不然，他与生物同样的要求生存，但最初觉得单独不能达到目的，须与别个联络，互相扶助，才能好好的生存，随后又感到别人也与自己同样的有好恶，设法圆满的相处，前者是生存的方法，动物中也有能够做到的，后者乃是人所独有的生存道德，古人云人之所以异于禽兽者几希，盖即此也。此原始的生存的道德。即为仁的根苗，为人类所同具，但是人心不同各如其面，各民族心理的发展也就分歧，或由求生存而进于求永生以至无生，如犹太印度之趋向宗教，或由求生存而转为求权力，如罗马之建立帝国主义，都是显著的例，唯独中国固执着简单的现世主义，讲实际而又持中庸，所以只以共济即是现在说的烂熟了的共存共荣为目的，并没有什么神异高远的主张。从浅处说这是根据于生物的求生本能，但因此其根本也就够深了，再从高处说，使物我各得其所，是圣人之用心，却也是匹夫匹妇所能着力，全然顺应物理人情，别无一点不自然的地方。我说健全的思想便是这个缘故。这又是从人的本性里出来的，与用了人工从外边灌输进去的东西不同，所以读书明理的士人固然懂得更多，就是目不识一丁字，并未读过一句圣贤书的老百姓也都明了，待人接物自有礼法，无不合于圣贤之道，我说可以乐观，其原因即在于此。中国人民思想本于儒家，最高的代表自然是孔子，但是其理由并不是因为孔子创立儒家，殷殷传道，所以如此，无宁倒是翻过来说，因为孔子是我们中国人，所以他代表中国思想的极顶，即集大成也。国民思想是根苗，政治教化乃是阳光与水似的养料，这固然也重要，但根苗尤其要紧，因为属于先天的部分，或坏或好，不是外力所能容易变动的。中国幸而有此思想的好根苗，这是极可喜的事，在现今百事不容乐观的时代，只这一点我觉得可以乐观，可以积极的声明，中国的思想绝对没有问题。

不过乐观的话是说过了，这里边却并不是说现在或将来没有忧虑，没有危险。俗语说，有一利就有一弊，在中国思想上也正是如此。但这也是难怪的，民非水火不生活，而洪水与大火之祸害亦最烈，假如对付的不得法，往往即以养人者害人，中国国民思想我们觉得是很好的，不但过去时代相当的应付过来了，就是将来也正可以应用，因为世界无论怎么转变，人总是要做的，而做人之道也总还是求生存，这里与他人共存共荣也总是正当的办法吧。不过这说的是正面，当然还有其反面，而这反面乃是可忧虑的，中国人民生活的要求是很简单的，但也就很切迫，他希求生存，他的生存的道德不愿损人以利己，却也不能如圣人的损己以利人。别的宗教的国民会得梦想天国近了，为求永生而蹈汤火，中国人没有这样的信心，他不肯为了神或为了道而牺牲，但是他有时也会蹈汤火而不辞，假如他感觉生存无望的时候，所谓铤而走险，急将安择也。孟子说仁政以黎民不饥不寒为主，反面便是仰不足以事父母，俯不足以畜妻子，乐岁终身苦，凶年不免于死亡，则是丧乱之兆，此事极简单，故述孔子之言曰，道二，仁与不仁而已矣。仁的现象是安居乐业，结果是太平，不仁的现象是民不聊生，结果是乱。这里我们所忧虑的事，所说的危险，已经说明了，就是乱。我尝查考中国的史书，体察中国的思想，于是归纳的感到中国最可怕的是乱，而这乱都是人民求生意志的反动，并不由于什么主义或理论之所导引，乃是因为人民欲望之被阻碍或不能满足而然。我们只就近世而论，明末之张李，清季之洪杨，虽然读史者的批评各异，但同为一种动乱，其残毁的经过至今犹令谈者色变，论其原因也都由于民不聊生，此实足为殷鉴。中国人民平常爱好和平，有时似乎过于忍受，但是到了横决的时候，却又变了模样，将原来的思想态度完全抛在九霄云外，反对的发挥出野性来，可是这又怪谁来呢？俗语云，相骂无好言，相打无好拳。以不仁召不仁，不亦宜乎。现在我们重复的说，中国思想别无问题，重要的只是在防乱，而防乱则首在防造乱，此其责盖在政治而不在教化。再用孟子的话来说，我们的力量不能使七十者衣帛食肉，黎民不饥不寒，也总竭力要使得不至于仰不足以事父母，俯不足以畜妻子，乐岁终身苦，凶年不免于死亡。不去造成乱的机会与条件，这虽是消极的工作，俱其功验要比肃正思想大得多，这虽然与西洋外国的理论未必合，但是从中国千百年的史书里得来的经验，至少在本国要更为适切相宜。过去的史书真是国家之至宝,在这本总账上国民的健康与疾病都一一记录着,看了流寇始末,知道这中了什么毒,但是想到王安石的新法反而病民,又觉得补药用的不得法也会致命的。古人以史书比作镜鉴,又或冠号曰资治,真是说的十分恰当。我们读史书,又以经子诗文均作史料,从这里直接去抽取结论,往往只是极平凡的一句话,却是极真实,真是国家的脉案和药方,比伟大的高调空论要好得多多。曾见《老学庵笔记》卷一有一则云:

> 青城山上官道人,北人也,巢居食松麨,年九十矣,人有谒之者,但粲然一笑耳,有所请问则托言病聩,一语不肯答。予尝见之于丈人观道院,忽自语养生曰,为国家致太平与长生不死,皆非常人所能然,且当守国使不乱以待奇才之出,卫生使不夭以须异人之至,不乱不夭皆不待异术,惟谨而已。予大喜,从而叩之,则已复言聩矣。

这一节话我看了非常感服,上官道人虽是道士,不夭不乱之说却正合于儒家思想,是最小限度的政治主张,只可惜言之非艰、行之维艰耳。我尝叹息说,北宋南宋以至明的季世差不多都是成心在做乱与夭,这实在是件奇事,但是展转仔细一想,现在何尝不是如此,正如路易十四明知洪水在后面会来,却不设法为百姓留一线生机,俾得大家有生路,岂非天下之至愚乎?书房里读《古文析义》,杜牧之《阿房宫赋》末了云,"秦人不暇自哀而后人哀之,后人哀之而不鉴之,亦使后人而复哀后人也",当时琅琅然诵之,以为声调至佳,及今思之,乃更觉得意味亦殊深长也。

上边所说,意思本亦简单,只是说得啰嗦了,现在且总括一下。我相信中国的思想是没有问题的，因为他有中心思想永久存在，这出于生物的本能，而止于人类的道德，所以是很坚固也很健全的。别的民族的最高理想有的是为君，有的是为神，中国则小人为一己以及宗族，君子为民，其实还是一物。这不是一部分一阶级所独有，乃是人人同具，只是广狭程度不同，这不是圣贤所发起，逐渐教化及于众人，乃是倒了过来，由众人而及于圣贤，更益提高推广的。因为这个缘故，中国思想并无什么问题，只须设法培养他，使他正当长发便好。但是又因为中国思想以国民生存为本，假如生存有了问题，思想也将发生动摇，会有乱的危险，此非理论主义之所引起，故亦非文字语言所能防遏。我这乐观与悲观的两面话恐怕有些人会不以为然，因为这与外国的道理多有不合。但是我相信自己的话是极确实诚实的，我也曾虚心的听过外国书中的道理，结果是止接受了一部分关于宇宙与生物的常识，若是中国的事，特别是思想生活等，我觉得还是本国人最能知道，或者知道的最正确。我不学爱国者那样专采英雄贤哲的言行做例子，但是观察一般民众，从他们的庸言庸行中找出我们中国人的人生观，持与英雄贤哲比较，根本上亦仍相通，再以历史中治乱之迹印证之，大旨亦无乖谬，故自信所说虽浅，其理颇正，识者当能辨之。陈旧之言，恐多不合时务，即此可见其才之拙，但于此亦或可知其意之诚也。三十一年十一月十八日。

关于宽容

十七世纪的一个法国贵族写了五百多条格言，其中有一则云，宽仁在世间当作一种美德，大抵盖出于我慢，或是懒，或是怕，也或由于此三者。这话说的颇深刻，有点近于诛心之论，其实倒是事实亦未可知。有些故事记古人度量之大，多很有意思，今抄录两则于后：

> 南齐沈麟士尝出行，路人认其所着屐。麟士曰，是卿屐耶，即跣而反。其人得屐，送而还之。麟士曰，非卿屐耶，复笑而受。

> 宋富郑公弼少时，人有骂者。或告之曰，骂汝。公曰，恐骂他人。又曰，呼君名姓，岂骂他人耶。公曰，恐同姓名者。骂者闻之大惭。

这两件事都很有风趣，所以特别抄了出来，作为例子。他们对于这种横逆之来轻妙的应付过去，但是心里真是一点都没有觉得不愉快的么？这未必然，大概只是不屑计较而已。不屑者就是觉得不值得，这里有了彼我高下的衡量之见，便与虚舟之触截然不同，不值得云者盖即是尊己卑人，亦正是我慢也。我在北京市街上行走，尝见绅士戴獭皮帽，穿獭皮领大衣，衔纸烟，坐包车上，在前门外热闹胡同里岔车，后边车夫误以车把叉其领，绅士略一回顾，仍晏然吸烟如故。又见洋车疾驰过，吆喝行人靠边，有卖菜佣担两空筐，不肯避道，车轮与一筐相碰，筐略旋转，佣即歇担大骂，似欲得而甘心者。岂真绅士之度量大于卖菜佣哉，其所与争之对象不同故也。绅士固不喜有人从后叉其领，但如叉者为车夫，即不屑与之计较，或其人亦为绅士之戴皮帽携手杖者，则亦将如佣之歇担大骂，总之未必肯干休矣。卖菜佣并非对于车夫特别强硬，以二者地位相等，甲被乙碰，空筐旋转，如不能抗议，将名誉扫地，正如绅士之为其同辈所辱，欲保存其架子非力斗不可也。大度弘量，均是以上对下而言，其原因大抵可归于我慢，若以下对上，忍受横逆，乃是无力反抗，其原因当然全由于怕，盖不足道，唯由于懒者殊不多见，如能有此类例子，其事其人必大有意思，惜乎至今亦尚无从征实耳。

　　对人宽大，此外还有一种原因，虽归根亦是我慢，却与上边所说略有不同，便是有备无患之感，亦可云自恃。这里最好的例是有武艺的人，他们不怕人家的攻击，不必太斤斤较量，你们尽管来乱捶几下，反正打不伤他，到了必要时总有一手可以制住你的，而且他又知道自己的力量，看一般乏人有如初出壳的小鸡儿，用手来捏时生怕一不小心会得挤坏了，因此只好格外用心谨慎。这样的人大家大概都曾遇见过，我所知道得最清楚的有一位姓姚的，是外祖母家的亲戚，名为嘉福纲司。山阴县西界钱塘江，会稽县东界曹娥江，北为大海，海边居民驾蜑船航海，通称船主为纲司，纲或作江，无可考定。其时我年十三四，姚君年约四十许，朴实寡言，眼边红润，云为海风所吹之故，能技击，而性特谦和，唯为我们谈海滨械斗，挑起鹦哥灯点兵事，亦复虎虎有生气，可惜那时候年少不解事，不曾询问鹦哥灯如何挑法，至今以为恨。姚君的态度便是如我们上面所说的那样，仿佛是视民如伤的样子，毋我负人，宁人负我，不到最后是不还手的。不过这里很奇怪的是，关于自己是这样极端消极的取守势，有时候为了不相干的别人的事，打起抱不平来，却会得突然的取攻势，现出侠客的本色。有一天，他照例穿着毛蓝布大褂，很长的黑布背心，手提毛竹长烟管，在镇塘殿楝树下一带的海塘上走着。这塘路是用以划分内河外海的，相当的宽且高，路平泥细，走起来很是舒服。他走到一处，看见有两个人在塘上厮打，某甲与某乙都是他认识的，不过他们打得正忙却没有看见他。不久某乙被摔倒了，某甲还弯下腰去打他，这是犯了规律了，姚君走过去，用手指在某甲的尾闾骨上一挑，他便一个跟斗翻到塘外去了。某乙忽然不见了打他的人，另外一个人拿着长烟管扬长的在塘上走，有点莫名其妙。只好茫然回去，至于掉到海里去的人，淹死也是活该，恐怕也是不文的规律上所有的，没有人觉得不对，可是恰巧他识水性，所以自己爬上岸来，也逃出了性命。过了几天之后，姚君在镇塘殿的茶店里坐，听见某甲也在那里讲他的故事，承认自己犯规打人，被不知那一个内行人挑下海里去，逃得回来实是侥幸。姚君听了一声不响，喝茶完了，便又提了烟管走了回来。

我听姚君自己讲这件事，大约就在那一年里，以后时常记起，更觉得他很有意思，此不独可以证明外表谦虚者正以其中充实故，又技击虽小道，习此者大都未尝学问，而规律井井，作止有度，反胜于士大夫，更令人有礼失而求诸野之感矣。

此外还有两件事，都见于《史记》，因为太史公描写得很妙，所以知道的人非常多。这是关于张良和韩信的：

> 良尝闲从容步游下邳圯上，有一老父衣褐至良所，直堕其履圯下，顾谓良曰，孺子下取履。良愕然欲殴之，为其老强忍下取履。父曰，履我。良业为取履，因长跪履之。父以足受，笑而去。良殊大惊，随目之。

> 淮阴屠中少年有侮信者曰，若虽长大好带刀剑，中情怯耳，众辱之曰，信能死，刺我，不能死，出我胯下。于是信熟视之，俯出胯下蒲伏，一市人皆笑信以为怯。

这里形容得活灵活现，原是说书人的本领，却也很合情理的。张韩二君不是儒家人物，他们所遇见的至少又是平辈以上的人，却也这么忍受了，大概别有理由。张良狙击始皇不中，避难下邳，报仇之志未遂，遇着老父开玩笑，照本常的例他是非打不可的了，这里却停住了手，为什么呢？岂不是为的怕小不忍则乱大谋么？书中说为其老，固然是太史公的掉笔头，在文章上却也更富于人情味。至于韩信，他被猪店伙计当众侮辱，很有点像杨志碰着了泼皮牛二，这在他也是忍受不下去的事，可是据说他熟视一番也就爬出胯下，可见其间不无勉强。太史公云，淮阴人为余言韩信，虽为布衣时，其志与众异，那么他的忍辱也是有由来的了。在抱大志谋大事的人，往往能容忍较小的荣辱,这与一般所谓大度的人以自己的品格作衡量容忍小人物,虽然情形稍有不同,但是同样的以我慢为基本,那是无可疑的。我看书上记载古人的盛德,读下去常不禁微笑,心里想道,这位先生真傲慢得可以,他把这许多人儿都不放在眼里,或者是一口吞下去了。俗语有云,宰相肚里好撑船,这岂不说明他就是吞舟之鱼么?像法国格言家那么推敲下去,这一班傲慢的仁兄们的确也并不见得可喜,而争道互殴的挑夫倒反要天真得多多,不过假如真是满街的殴骂,也使人不得安宁,所以一部分主张省事的人却也不可少,不过称之曰盛德,有点像是幽默,我想在本人听了未免暗地里要觉得好笑吧。印度古时学道的人有羼提这一门,具如《忍辱度无极经》中所说,那是别一路,可以说炉火纯青,为吾辈凡夫所不能及,既是门槛外的事,现在只好不提了。民国三十四年一月,小寒节中。

医师礼赞

宋朝的范仲淹有一句话，表示他的志愿，说不为良相则为良医。这句话很是普通，知道的人很多，但是我觉得很喜欢，也极可佩服。《史记》曾云，"国乱则思良相"，这本来是极重要的，如今把他同良医连在一起来说，我觉得有意思的就在这里。政治与医学，二者之间盖有相通之处，据我想来，医生未必须学政治家的做法，或者大政治家须得有医师的精神这才真能伟大吧。我喜欢翻阅世界医学史，里边多有使我们感激奋发的事。我常想医疗或是生物的本能，如犬猫之自舐其创是也，但其发展为活人之术，无论是用法术或方剂，总之是人类文化之一特色，虽然与梃刃同是发明，而意义迥殊，中国称蚩尤作五兵，而神农尝药辨性，为人皇，可以见矣。医学史上所记便多是这些仁人之用心，不过大小稍有不同，我想假如人类要找一点足以自夸的文明证据，大约只可求之于这方面吧。据史家伊略脱斯密士在《世界之初》中说，创始耕种灌溉的人成为最初的王，在他死后便被尊崇为最初的神，还附有五千多年前的埃及石刻画，表示古圣王在开掘沟渠，这也说的很有意思。案神农氏在中国正是极好的例，他教民稼穑，又发明医药，农固应为神，良医又与良相并重，可知医之尊，良相云者即是讳言王耳。由此观之，政治的原始的准则是仁政，政治家也须即是仁人，无论其为巫，为农或为医，都是一样，但是我们现在所谈则只是关于医的一方面，所以别的事情也就暂且不提了。

讲到医师的伟大精神，第一想起来的是古来所谓希坡克拉德斯之誓愿。希氏生于希腊，称医药之父，生当中国周代，与聂政同时，有集六十篇传于世，基督前三世纪初所编成，距屈原怀沙之年盖亦不远也。《誓愿》为集中之一篇，分为两部分。其一是尊师。他当视教他的人有如父母，与之共生活，如有必要当供给之，当视其子如己子，如愿学医者当教诲之，没有报酬或契约。其二是医生的本分。他当尽心力为病家处方疗养，不为损害之事，不予人以毒药，即使有人请求，亦不参与商榷，不与妇女堕胎。凡所见闻关于人生的事，在行医时或其他时所知，而不当在外张扬者，严守秘密。如《誓愿》中说及，总之他当保守他的生活与技术之圣洁。这并不是宗教的宣誓，其意义只是世俗的，而其精神却至伟大，此誓愿与文句未必真是希氏所定，但显然承受他的精神，传至后世一直为医师行业的教训。官吏就职也有宣誓的仪式，我们听得很多，与这个相比便显得是游戏，只是跳加官而已。其次，近代医学上消毒的成功即是仁术之一证明。我曾赞叹说，巴斯德从啤酒的研究知道了霉菌的传染，这影响于人类福利者有多么大，单就外科、伤科、产科来说，因了消毒的施行，一年中要救助多少人命，以功德论，恐怕十九世纪的帝王将相中没有人可以及得他来。这应用在内科上，接种的疗法大为发达，从前只有牛痘一法可防天花，现在则向来所恐惧的传染病大抵可以预防，霉菌学者的功劳的确不小。还有生理学的研究与病理学一同进步，造出好些药饵如维他命与诃耳蒙，与其说药石无宁称为补剂，去病亦转为养生，这种新的方剂有益于身体，新的观念也于人心上同样的有益。《老学庵笔记》有一则记事云：

> 青城山上官道人，北人也，巢居食松麨，年九十矣，人有谒之者，但粲然一笑耳，有所请问则托言病聩，一语不肯答。予尝见之于丈人观道院，忽自语养生曰，为国家致太平与长生不死，皆非常人所能然，且当守国使不乱以待奇才之出，卫生使不夭以须异人之至，不乱不夭皆不待异术，唯谨而已。予大喜，从而叩之，则已复言聩矣。

养生之道通于治国，殆是道家的学说，这里明了的说出，而归结于谨之一字，在中国尤为与政治的病根适合。这种思想不算新了，却是合于学理的，补固是开源，谨亦是节流，原是殊途而同归也。

医师与政治家一样，所要的资格与条件是学问与经验，见识与道德，这末一件列在最后却是最要。俗语云，医生有割股之心，率直的说得好，股固可不必割，但根本上是利他的事，所以这种心也不可无，不过此未免稍近于佛教的，而不是儒道的说法耳。也有医师其道德却近于科学的。尝见有西国医生，遇老媪生瘤求割治，无力付给施疗病室的每天一角五分的饭钱，方欲辞去，医生苦留不得，乃为代付七天的饭钱一元另五分，住院治讫始纵之去。他何为必欲割此风马牛之赘疣，岂将自记阴功乎？殆因看着可割之瘤而不令割去，殊觉得不好过，故必欲割之而后快，古人或称为技痒，实则谓其本于技术的道德亦可也。诊察疾病，以学问经验合而断之，至于如何处分，则须有见识为主，或须立即开刀，即不能以现今倦怠，延至后日，养痈贻患，又或须先加静养，亦不能急功近利，妄下刀圭，揠苗助长，此既需有识力，而利他的宗旨为之权衡，乃尤为重要。其实一切人类文化悉当如是，今乃独见之于医术，其原因固亦由于医师之用心，在他方面虽与宗旨违失，祸及生民，所在多有，却没有病人死在面前，证明药石之误下，故人多不觉，主者乃得漏网耳。单就这一点看来，医师之可尊过于一般士大夫，盖已显然可知矣。

我这里礼赞医师，所赞的医师当然以良医为限，那是没有问题的。所谓良医有两个意思，其一是能医好病的医生。医生的本领原来是在于医病，但未必全都能医好，这也是无可如何，最怕的是反而医出病来，那就总不能算是良医了。这样的医生却是古已有之，如《笑得好》有一则云：

> 一医家迁居，辞邻舍曰，向忝邻末，目今迁居，无物可为别敬，每位奉药一服。邻人辞以无病，医人曰，你只吃了我的药，自然有病了。

其次的良医是良善的医生。医师能医得好病，那是很好的了，假如他要大拷竹杠，也就不见得可以礼赞，这种医生在《笑林》里不见提及，所以现在无例可引。为什么不见于笑话里的呢？这个理由谁知道，大概是因为不觉得可笑，大家只是有点怕他罢了。还有一层，我所谓医指的是现代受过科学训练的医生，别的不算在内，这也须得附带的说明一句。

心中

三月四日北京报上载有日本人在西山旅馆情死事件，据说女的是朝日轩的艺妓名叫来香，男的是山中商会店员一鹏。这些名字听了觉得有点希奇，再查《国民新报》的英文部才知道来香乃是梅香（Umeka）之误，这是所谓艺名，本名日向信子，年十九岁，一鹏是伊藤传三郎，年二十五岁。情死的原因没有明白，从死者的身分看来，大约总是彼此有情而因种种阻碍不能如愿，与其分离而生不如拥抱而死，所以这样地做的罢。

这种情死在中国极少见，但在日本却很是平常，据佐佐醒雪的《日本情史》（可以称作日本文学上的恋爱史论，与中国的《情史》性质不同，一九〇九年出板）说，南北朝（十四世纪）的《吉野拾遗》中记里村主税家从人与侍女因失了托身之所，走入深山共伏剑而死，六百年前已有其事。

这一对男女相语曰，"今生既尔不幸，但愿得来世永远相聚，"这就成为元禄式情死的先踪。自南北朝至足利时代（十五六世纪）是

那个"二世之缘"的思想逐渐分明的时期,到了近世,宽文(1661—1672)前后的伊豫地方的俗歌里也这样的说着了:

"幽暗的独木桥,郎若同行就同过去罢,掉了下去一同漂流着,来世也是在一起。"

元禄时代(1688—1793)于骄奢华靡之间尚带着杀伐的蛮风,有重果敢的气象,又加上二世之缘的思想,自有发生许多悲惨的情死事件之倾向。

这样的情死日本通称"心中"(Shinju)。虽然情死的事实是"古已有之",在南北朝已见诸记载,但心中这个名称却是德川时代的产物。本来心中这一个字的意义就是如字讲,犹云衷情,后来转为表示心迹的行为,如立誓书,刺字剪发等。宽文前后在游女社会中更发现杀伐的心中,即拔爪,斩指,或刺贯臂股之类,再进一步自然便是以一死表明相爱之忱,西鹤称之曰"心中死"(Shinjujini),在近松的戏曲中则心中一语几乎限于男女二人的情死了。这个风气一直流传到现在,心中也就成了情死的代用名词。

[立誓书现在似乎不通行了。尾崎久弥著《江户软派杂考》中根据古本情书指南《袖中假名文》引有一篇样本,今译录于后:

盟誓

今与某人约为夫妇,真实无虚,即使父母兄弟无论如何梗阻,决不另行适人,倘若所说稍有虚伪,当蒙日本六十余州诸神之罚,未来永远堕入地狱,无有出时。须至盟誓者。

年号月日

女名(血印)　某人(男子名)

中国旧有《青楼尺牍》等书，不知其中有没有这一类的东西。]

近松是日本最伟大的古剧家，他的著作由我看来似乎比中国元曲还有趣味。他所做的世话《净琉璃》（社会剧）几乎都是讲心中的，而且他很同情于这班痴男怨女。眼看着他们被挟在私情与义理之间，好像是弶上的老鼠，反正是挣不脱，只是拖延着多加些苦痛，他们唯一的出路单是"死"，而他们的死却不能怎么英雄的又不是超脱的，他们的"一莲托生"的愿望实在是很幼稚可笑的，然而我们非但不敢笑他，还全心的希望他们大愿成就，真能够往生佛土，续今生未了之缘。这固然是我们凡人的思想，但诗人到底也只是凡人的代表，况且近松又是一个以慰藉娱悦民众为事的诗人，他的咏叹心中正是当然事，据说近松的《净琉璃》盛行以后民间的男女心中事件大见增加，可以想见他的势力。但是真正鼓吹心中的艺术还要算《净琉璃》的别一派，即是新内节（Shinnai-bushi）。新内节之对于心中的热狂的向往几乎可以说是病态的，不管三七二十一的唯以一死为归宿，新吉原的游女听了游行的新内派的悲歌，无端的引起了许多悲剧，政府乃于文化初年（十九世纪初）禁止新内节不得入吉原，唯于中元许可一日，以为盂兰盆之供养，直至明治维新这才解禁。新内节是一种曲，且说且唱，翻译几不可能，今姑摘译《藤蔓恋之栅》末尾数节，以为心中男女之回向。此篇系鹤贺新内所作，叙藤屋喜之助与菱野屋游女早衣的末路，篇名系用喜之助的店号藤字敷衍而成，大约是一七七〇年顷之作云。（据《江户软派杂考》）

世上再没有像我这样苦命的人，五六岁的时候死了双亲，只靠了一个哥哥，一天天的过着艰难的岁月，到后来路尽山穷，直落得卖到这里来操这样的行业。动不动就挨老鸨的责骂，算作稚妓出来应接，彻夜的担受客人的凌虐，好容易换下泪湿的长袖，到了成年，找到你一个人做我的终身的倚靠。即使是在荒野的尽头，深山的里面，怎样的贫苦我都不厌，我愿亲手煮了饭来大家吃。乐也是恋，苦也是要恋，恋这字说的很明白：恋爱就只是忍耐这一件事。——太觉得可爱了，一个人便会变了极风流似的愚痴。管盟誓的诸位神明也不肯见听。反正是总不能配合的因缘，还不如索性请你一同杀了罢！说到这里，袖子上已成了眼泪的积水潭，男子也举起含泪的脸来，叫一声早衣，原来人生就是风前的灯火，此世是梦中的逆旅，愿只愿是未来的同一个莲花座。听了他这番话，早衣禁不住落下欢喜泪。息在草叶之阴的爹妈，一定是很替我高兴罢，就将带领了我的共命的丈夫来见你。请你们千万不要怨我，恕我死于非命的罪孽。阎王老爷若要责罚，请你们替我谢罪。祐天老爷释迦老爷都未必弃舍我罢？我愿在旁边侍候，朝朝暮暮，虔心供奉茶汤香花，消除我此生的罪障。南无祐天老爷，释迦如来！请你救助我罢。南无阿弥陀佛！［祐天上人系享保时代（十八世纪初）人，为净土宗中兴之祖，江户人甚崇敬，故游女遂将他与释迦如来混在一起了。］

木下杢太郎（医学博士太田正雄的别号）在他的诗集《食后之歌》序中说及"那鄙俗而充满着眼泪的江户平民艺术"，这种《净琉璃》正是其一，可惜译文不行，只能述意而不能保存原有的情趣了。二世之缘的思想完全以轮回为根基，在唯物思想兴起的现代，心中男女恐不复能有莲花台之慰藉，未免益增其寂寞，但是去者仍大有人在，固亦由于经济迫压，一半当亦如《雅歌》所说由于"爱情如死之坚强"欤。中国人似未知生命之重，故不知如何善舍其生命，而又随时随地被夺其生命而无所爱惜，更未知有如死之坚强的东西，所以情死这种事情在中国是绝不会发见的了。

鼓吹心中的祖师丰后掾据说终以情死。那么我也有点儿喜欢这个玩意儿么？或者要问。"不，不。一点不。"十五年，三月六日。

见三月七日的日文《北京周报》（199），所记稍详，据云女年十八岁，男子则名伊藤荣三郎，死后如遗书所要求合葬朝阳门外，女有信留给她的父亲，自叹命薄，并谆嘱父母无论如何贫苦勿再将妹子卖为艺妓。荣三郎则作有俗歌式的绝命词一章，其词曰：

> 交情愈深，便觉得这世界愈窄了。虽说是死了不会开花结实，反正活着也不能配合，还有什么可惜这两条的性命。

《北京周报》的记者在卷头语上颇有同情的论调，但在《北京村之一点红》的记事里想像的写男女二人的会话，不免有点"什匿克"（这是孤桐社主的Cynic一字的译语）的气味，似非对于死者应取的态度。中国人不懂情死，是因为大陆的或唯物主义的之故，这说法或者是对的；日本人到中国来，大约也很受了唯物主义的影响了罢，所以他们有时也似乎觉得奇怪起来了。

关于失恋

王品青君是阴历八月三十日在河南死去的,到现在差不多就要百日了,春蕾社诸君要替他出一个特刊,叫我也来写几句。我与品青虽是熟识,在孔德学校上课时常常看见,暇时又常同小峰来苦雨斋闲谈,夜深回去没有车雇,往往徒步走到北河沿,但是他没有对我谈过他的身世,所以关于这一面我不很知道,只听说他在北京有恋爱关系而已。他的死据我推想是由于他的肺病,在夏天又有过一回神经错乱,从病院的楼上投下来,有些人说过这是他的失恋的结果,或者是真的也未可知,至于是不是直接的死因我可不能断定了,品青是我们朋友中颇有文学的天分的人,这样很年青地死去,是很可惜也很可哀的,这与他的失不失恋本无关系,但是我现在却就想离开了追悼问题而谈谈他的失恋。

品青平日大约因为看我是有须类的人,所以不免有点歧视,不大当面讲他自己的事情,但是写信的时候也有时略略提及。我在信堆里找出品青今年给我的信,一共只有八封,第一封是用"隋高子玉造象碑格"笺所写，文曰：

> 这几日我悲哀极了，急于想寻个躲避悲哀的地方，曾记有一天在苦雨斋同桌而食的有一个朋友是京师第一监狱的管理员，先生可以托他设法开个特例把我当作犯人一样收进去度一度那清素的无情的生活么？不然，我就要被柔情缠死了呵！品青，一月二十六日夜十二时。

我看了这封信有点摸不着头脑，不知所说的是凶是吉，当时就写了一点回复他，此刻也记不起是怎样说的了。不久品青就患盲肠炎，进医院去，接着又是肺病，到四月初才出来，寄住在东皇城根友人的家里。他给我的第二封信便是出医院后所写，日期是四月五日，共三张，第二张云：

> 这几日我竟能起来走动了，真是我的意料所不及。然到底像小孩学步，不甚自然。得闲肯来寓一看，亦趣事也。
>
> 在床上，我的世界只有床帐以内，以及与床帐相对的一间窗户。头一次下地，才明白了我的床的位置，对于我的书箱书架，书架上的几本普通的破书，都仿佛很生疏，还得重新认识一下。第二回到院里晒太阳，明白了我的房的位置，依旧是西厢，这院落从前我没有到过，自然又得认识认识。就这种情形看来，如生命之主不再太给我过不去，则于桃花落时总该能去重新认识凤凰砖和满带雨气的苦雨斋小横幅了吧？那时在孔德教员室重新共吃瓦块鱼自然不成问题。

这时候他很是乐观，虽然末尾有这样一节话，文曰：

> 这封信刚写完，接到四月一日的《语丝》，读第十六节的

"闲话拾遗"，颇觉畅快。再谈。

所谓"闲话拾遗"十六是我译的一首希腊小诗，是无名氏所作，戏题曰《恋爱偈》，译文如下：

> 不恋爱为难，
>
> 恋爱亦复难。
>
> 一切中最难，
>
> 是为能失恋。

四月二十日左右我去看他一回，觉得没有什么，精神兴致都还好，二十二日给我信说，托交民卫生试验所去验痰，云有结核菌，所以"又有点悲哀"，然而似乎不很厉害。信中说：

> 肺病本是富贵人家的病，却害到我这又贫又不贵的人的身上。肺病又是才子的病，而我却又不像□□诸君常要把它写出来。真是病也倒楣，我也倒楣。
>
> 今天无意中把上头这一片话说给□□，她深深刺了我一下，说我的脾气我的行为简直是一个公子，何必取笑才子们呢？我接着说，公子如今落魄了，听说不久就要去作和尚去哩。再谈。

四月三十日给我的第六封信还是很平静的，还讲到维持《语丝》的办法，可是五月初的三封信（五日两封，八日一封）忽然变了样，疑心友人们（并非女友）对他不好，大发脾气。五日信的起首批注道，"到底我是小孩子，别人对我只是表面，我全不曾理会。"八日信末云，"人格学问，由他们骂去吧，品青现在恭恭敬敬地等着承受。"这时候大约神经已有点错乱，以后不久就听说他发狂了，这封信也就成为我所见的绝笔。那时我在《世界日报》附刊上发表一篇小文，《论曼殊与百助女史的关系》，品青见了说我在骂他，百助就是指他，我怕他更要引起误会，所以一直没有去看他过。

品青的死的原因我说是肺病，至于发狂的原因呢，我不能知道。据他的信里看来，他的失恋似乎是有的罢。倘若他真为失恋而发了狂，那么我们只能对他表示同情，此外没有什么说法。有人要说这全是别人的不好，本来也无所不可，但我以为这一半是品青的性格的悲剧，实在是无可如何的。我很同意于某女士的批评，友人"某君"也常是这样说，品青是一个公子的性格，在戏曲小说上公子固然常是先落难而后成功，但是事实上却是总要失败的。公子的缺点可以用圣人的一句话包括起来，就是"既不能令，又不受命"。在旧式的婚姻制度里这原不成什么问题，然而现代中国所讲的恋爱虽还幼稚到底带有几分自由性的，于是便不免有点不妥：我想恋爱好像是大风，要当得她住只有学那橡树（并不如伊索所说就会折断）或是芦苇，此外没有法子。譬如有一对情人，一个是希望正式地成立家庭，一个却只想浪漫地维持他们的关系，如不在适当期间有一方面改变思想，迁就那一方面，我想这恋爱的前途便有障碍，难免不发生变化了。品青的优柔寡断使他在朋友中觉得和善可亲，但在恋爱上恐怕是失败之原，我们朋友中之□□大抵情形与品青相似，他却有决断，所以他的问题就安然解决了。本来得恋失恋都是极平常的事，在本人当然觉得这是可喜或是可悲，因失恋的悲剧而入于颓废或转成超脱也都是可以的，但这与旁人可以说是无关，与社会自然更是无涉，别无大惊小怪之必要，不过这种悲剧如发生在我们的朋友中间，而且终以发狂与死，我们自不禁要谈论叹息，提起他失恋的事来，却非为他声冤，也不是加以非难，只是对于死者表示同情与悼惜罢了。至于这事件的详细以及曲直我不想讨论，第一是我不很知道内情，第二因为恋爱是私人的事情，我们不必干涉，旧社会那种萨满教的风化的迷信我是极反对的；我所要说的只在关于品青的失恋略述我的感想，充作纪念他的一篇文字而已。——但是，照我上边的主张看来，或者我写这篇小文也是不应当的，是的，这个错我也应该承认。

关于孟母

民国二十三年十二月三十日通县女子师范学校礼堂落成兼开新年同乐会，请关麟徵、焦实斋、徐祖正诸位先生去讲演，我也被拉在里面。诸位先生各就军事、外交、教育有所发挥，就只是我没有办法。我原是弃武就文的，可是半路出家终未得道，弄成所谓稂不稂莠不莠的样子，所以简直没有什么专门话可说。但是天无绝人之路，忽然记起华光女子中学所扮演的六女杰，又想起两句《三字经》里的文句，临时就凑了起来，敷衍过去三十分钟。

这题目可以叫作"赋得孟母"。我说，中国现在需要怎样女子呢？这就是孟母那样的。华光女中所扮的六女杰可以代表一般青年的心理，在我看去却很有可商之处。嫘祖再有是不可能，武则天与王昭君在现今都是同样地不需要，而且有了也反不好，班昭《女诫》实为《女儿经》之祖母，不值得尊崇。余下是两位女军人，花木兰，梁红玉还是秦良玉呢，总之共有两位，可见人心之所归向了。不过我以为中国要打仗似男子还够用，到不够用时要用女子或亦不得已，但那时中国差不多也就要完了。女军人与殉难的忠臣一样我想都是亡国时期的装饰，有如若干花圈，虽然华丽却是不吉祥的，平常人家总不希望它有。讲到底这六女杰本身因为难得所以也是可贵，在现今中国却并没有大好处，即使她们都再出现。据我想现在中国所需要的倒还是孟母。《三字经》上说：

> 昔孟母，择邻处，
>
> 子不学，断机杼。

这种懂得教育的女子实在是国家的台柱子。还有一层，孟母懂得情理。《列女传》卷一云：

> 孟子既娶，将入私室，其妇袒而在内，孟子不悦，遂去不入，妇辞孟母而求去。……于是孟母召孟子而谓之曰，夫礼将入门问孰存，所以致敬也，将上堂声必扬，所以戒人也，将入户视必下，恐见人过也。今子不察于礼而责礼于人，不亦远乎。孟子谢，遂留其妇。

我读这一节不胜感叹。传云，"君子谓孟母知礼而明于姑母之道"，固然说得很对，其实礼即是人情物理的归结，知礼者必懂得情理。思想通达，能节制自己，能宽容别人，这样才不愧为文明人，不但是贤姑良母，也实是后生师范了。假如中国受过教育的女子都能学点孟母的样，人民受了相当的家教，将来到社会上去不至于不懂情理，胡说胡为，有益于国家实非浅鲜，孟母之功不在禹下。

我这孟母赞原是一时胡诌的，却想不到近日发见了同调。北平市长主张取缔中学男女同学，据说这是根据孟母的教育法，虽然又听说这是西班牙公使的意见。孟母不愿意她的儿子为墓间之事，踊跃筑埋，或嬉戏为贾人炫卖之事，这是见于《列女传》的，若男女不同学则我实在找不到出典。话分两头，反正孟母没有此事也无关系，别人要怎么说都可随便，我仔细思想之后觉得自己推崇孟母的意见还是不错的，因为像她那样懂得情理的人实在是难得，现在中国正需要这种人。前两天给北平《实报》写了一篇星期偶感，题曰"情理"，其中有一节云：

> 我觉得中国有顶好的事情便是讲情理，其极坏的地方便是不讲情理。随处皆是人情物理，只要人去细心考察，能知者即可渐进为贤人，不知者终为愚人，恶人。《礼记》云，饮食男女人之大欲存焉，死亡贫苦人之大恶存也。《管子》云，仓廪实则知礼节，衣食足则知荣辱。这都是千古不变的名言，因为合于情理。现在会考的规则，功课一二门不及格可补考二次，如仍不及格，则以前考过及格的功课亦一律无效。这叫作不合理。全省一二门不及格的学生限期到省补考，不考虑道路的远近，经济能力的及不及。这叫作不近人情。教育方面尚如此，其他可知。

五月十日天津《大公报》短评栏有一篇"偶感"，末二节云：

> 又如南京市决计铲除文盲，期于明春铲除百分之七十，这实在是极好的消息。但据说明年五月要在街上抽验，倘有不识字的，要罚银一元，这就可怪了。自己预期的成绩为百分之七十，那么明明承认有百分之三十的文盲依然存在，这些人受罚，冤也不冤？

> 苦生活的人们从小无受教育机会，现在给他们机会，自然

很好了，但轮不到受教之人，或虽受而记忆不佳之人，却新有了罚钱的危险，这实在不是情理所宜。希望这电讯所述不一定要实行，应该根本上没有罚钱的规定。只识字并不能济贫，奈何要向贫民罚款！

这里我还想补充一句话：不知道这一元的罚金可以有几天效力，假如这不是捐税那样地至少可有效一年，那么这些无缘受教或记忆不佳的诸公每月还须得备三十块钱来付这笔罚款哩。

说到这里我偶然看见《三国志·徐邈传》的文句云，"进善黜恶，风化大行"，忽然似乎懂得男女同学与孟母三迁的关系了。风化云者盖本于君子之德风小人之德草，谓影响也，犹墓间之学筑埋，市傍之学炫卖耳。今人云为风化故而取缔男女同学，准孟母教育法当由于居妓院旁习为邪僻。但是，这例子显然不对，男女同学并不一定在妓院旁，一也。不同学的男女或者倒住在妾院旁，二也。学生如在其家习见妾，婢，赌，烟等邪僻事，即不男女同学亦未必有好风化，依真正孟母之教实在还在应迁之列者也。故如准照人情物理而言，学生不准住妓院旁，不准住有妾婢等的家中，乃为正风化的办法，若普通的男女同学读书则是别一件事，实与孟母毫无关系。平常人滥用风化二字，以至流于不通，如法庭上的性的犯罪在民间常称风化官司，殊不可解，少时尝误听为风花官司，似尚较有谐趣也。在中国这一类的字颇多，函义暧昧，又复传讹，有时玄秘，有时神异，大家拿来作为符箓，光怪陆离不可究诘。不佞之意以为当重常识以救治之，此虽似是十八世纪的老药方，但在精神不健全的中国或者正是对症服药亦未可知。

关于英雄崇拜

英雄崇拜在少年时代是必然的一种现象，于精神作兴上或者也颇有效力的。我们回想起来都有过这一个时期，或者直到后来还是如此，心目中总有些觉得可以佩服的古人，不过各人所崇拜的对象不同，就是在一个人也会因年龄思想的变化而崇拜的对象随以更动。如少年时崇拜常山赵子龙或绍兴黄天霸，中年时可以崇拜湘乡曾文正公，晚年就归依了蒙古八思巴，这是很可笑的一例，不过在中国智识阶级中也不是绝对没有的事。近来有识者提倡民族英雄崇拜，以统一思想与感情，那也是很好的，只可惜这很不容易，我说不容易，并不是说怕人家不服从，所虑的是难于去挑选出这么一个古人来。关，岳，我觉得不够，这两位的名誉我怀疑都是从说书唱戏上得来的，威势虽大，实际上的真价值不能相副。关老爷只是江湖好汉的义气，钦差大臣的威灵，加上读《春秋》的传说与一本"觉世真经"，造成那种信仰，罗贯中要负一部分的责任。岳爷爷是从《精忠岳传》里出来的，在南宋时看朱子等的口气并不怎么尊重他，大约也只和曲端差不多看待罢了。说到冤屈，曲端也何尝不是一样地冤，诗人曾叹息"军中空卓曲端旗"，千载之下同为扼腕，不过他既不会写《满江红》那样的词，又没有人做演义，所以只好没落了。南宋之恢复无望殆系事实，王侃在《衡言》卷一曾云：

> 胡铨小朝廷之疏置若罔闻，岳鄂王死绝不问及，似高宗全无人心，及见其与张魏公手敕，始知当日之势岌乎不能不和，战则不但不能抵黄龙府，并偏安之局亦不可得。

中国往往大家都知道非和不可，等到和了，大家从避难回来，却热烈地崇拜主战者，称岳飞而痛骂秦桧，称翁同龢、刘永福而痛骂李鸿章，皆是也。

武人之外有崇拜文人的，如文天祥、史可法。这个我很不赞成。文天祥等人的唯一好处是有气节，国亡了肯死。这是一件很可佩服的事，我们对于他应当表示钦敬，但是这个我们不必去学他，也不能算是我们的模范。第一，要学他必须国先亡了，否则怎么死得像呢？我们要有气节，须得平时使用才好，若是必以亡国时为期，那未免牺牲得太大了。第二，这种死于国家社会别无益处。我们的目的在于保存国家，不做这个工作而等候国亡了去死，就是死了许多文天祥也何补于事呢。我不希望中国再出文天祥，自然这并不是说还是出张弘范或吴三桂好，乃是希望中国另外出些人才，是积极的，成功的，而不是消极的，失败的，以一死了事的英雄。颜习斋曾云：

> 吾读《甲申殉难录》，至愧无半策匡时难惟余一死报君

恩，未尝不泣下也，至览和靖祭伊川，不背其师有之，有益于世则未，二语，又不觉废卷浩叹，为生民怆惶久之。

徒有气节而无事功，有时亦足以误国殃民，不可不知也。但是事功与道德具备的英雄从那里去找呢？我实在缺乏史学知识，一时想不起，只好拿出金古良的《无双谱》来找，翻遍了全书，从张良到文天祥四十个人细细看过，觉得没有一个可以当选。从前读梁任公的《意大利建国三杰传》，后来又读丹麦勃阑特思的论文，对于加里波的将军很是佩服，假如中国古时有这样一位英雄，我是愿意崇拜的。就是不成功而身死的人，如斯巴达守温泉峡（Thermopylae）的三百人与其首领勒阿尼达思，我也是非常喜欢，他们抵抗波斯大军而死，"依照他们的规矩躺在此地"，如墓铭所说，这是何等中正的精神，毫无东方那些君恩臣节其他作用等等的浑浊空气，其时却正是西狩获麟的第二年，恨不能使孔子知道此事，不知其将作何称赞也。我岂反对崇拜英雄者哉，如有好英雄我亦肯承认，关岳文史则非其选也。吾爱孔丘、诸葛亮、陶渊明，但此亦只可自怡悦耳。

附记

洪允祥《醉余随笔》云："《甲申殉难录》某公诗曰，愧无半策匡时难，只有一死答君恩。天醉曰，没中用人死亦不济事。然则怕死者是欤？天醉曰，要他勿怕死是要他拼命做事，不是要他一死便了事。"此语甚精，《随笔》作于宣统年间，据王咏麟跋云。

祖先崇拜

远东各国都有祖先崇拜这一种风俗。现今野蛮民族多是如此，在欧洲古代也已有过。中国到了现在，还保存这部落时代的蛮风，实是奇怪。据我想，这事既于道理上不合，又于事实上有害，应该废去才是。

第一，祖先崇拜的原始的理由，当然是本于精灵信仰。原人思想，以为万物都有灵的，形体不过是暂时的住所。所以人死之后仍旧有鬼，存留于世上，饮食起居还同生前一样。这些资料须由子孙供给，否则便要触怒死鬼，发生灾祸，这是祖先崇拜的起源。现在科学昌明，早知道世上无鬼，这骗人的祭献礼拜当然可以不做了。这宗风俗，令人废时光，费钱财，很是有损，而且因为接香烟吃羹饭的迷信，许多男人往往藉口于"不孝有三无后为大"的谬说，买妾蓄婢，败坏人伦，实在是不合人道的坏事。

第二，祖先崇拜的稍为高上的理由，是说"报本返始"，他们说，"你试思身从何来？父母生了你，乃是昊天罔极之恩，你哪可不报答他？"我想这理由不甚充足。父母生了儿子，在儿子并没有什么恩，在父母反是一笔债。我不信世上有一部经典，可以千百年来当人类的教训的，只有纪载生物的生活现象的Biologie（生物学）才可供我们参考，定人类行为的标准。在自然律上面，的确是祖先为子孙而生存，并非子孙为祖先而生存的。所以父母生了子女，便是他们（父母）的义务开始的日子，直到子女成人才止。世俗一般称孝顺的儿子是还债的，但据我想，儿子无一不是讨债的，父母倒是还债——生他的债——的人。待到债务清了，本来已是"两讫"；但究竟是一体的关系，有天性之爱，互相联系住，所以发生一种终身的亲善的情谊。至于恩这一个字，实是无从说起，倘说真是体会自然的规律，要报生我者的恩，那便应该更加努力做人，使自己比父母更好，切实履行自己的义务，——对于子女的债务——使子女比自己更好，才是正当办法。倘若一味崇拜祖先，想望做古人，自羲皇上溯盘古时代以至类人猿时代，这样的做人法，在自然律上，明明是倒行逆施，决不可许的了。

我最厌听许多人说，"我国开化最早""我祖先文明什么样"。开化的早，或古时有过一点文明，原是好的。但何必那样崇拜，仿佛人的一生事业，除恭维我祖先之外，别无一事似的。譬如我们走路，目的是在前进。过去的这几步，原是我们前进的始基，但总不必站住了，回过头去，指点着说好，反误了前进的正事。因为再走几步，还有更好的正在前头呢！有了古时的文化，才有现在的文化；有了祖先，才有我们。但倘如古时文化永远不变，祖先永远存在，那便不能有现在的文化和我们了。所以我们所感谢的，正因为古时文化来了又去,祖先生了又死,能够留下现在的文化和我们——现在的文化,将来也是来了又去,我们也是生了又死,能够留下比现时更好的文化和比我们更好的人。

我们切不可崇拜祖先,也切不可望子孙崇拜我们。

尼采说,"你们不要爱祖先的国,应该爱你们子孙的国。……你们应该将你们的子孙,来补救你们自己为祖先的子孙的不幸。你们应该这样救济一切的过去。"所以我们不可不废去祖先崇拜,改为自己崇拜——子孙崇拜。

日常的悲剧，
平凡的伟大

若子的病

《北京孔德学校旬刊》第二期于四月十一日出板，载有两篇儿童作品，其中之一是我的小女儿写的。

　　　　晚上的月亮　　周若子

　　晚上的月亮，很大又很明。我的两个弟弟说："我们把月亮请下来，叫月亮抱我们到天上去玩。月亮给我们东西，我们很高兴。我们拿到家里给母亲吃，母亲也一定高兴。"

　　但是这张旬刊从邮局寄到的时候，若子已正在垂死状态了。她的母亲望着摊在席上的报纸又看昏沉的病人，再也没有什么话可说，只叫我好好地收藏起来，——做一个将来决不再寓目的纪念品。我读了这篇小文，不禁忽然想起六岁时死亡的四弟椿寿，他于得急性肺炎的前两三天，也是固执地向着佣妇追问天上的情形，我自己知道这都是迷信，却不能禁止我脊梁上不发生冰冷的奇感。

　　十一日的夜中，她就发起热来，继之以大吐，恰巧小儿用的摄氏体温表给小波波（我的兄弟的小孩）摔破了，土步君正出着第二次种的牛痘，把华氏的一具拿去应用，我们房里没有体温表了，所以不能测量热度，到了黎明从间壁房中拿表来一量，乃是四十度三分！八时左右起了痉挛，妻抱住了她，只喊说，"阿玉惊了，阿玉惊了！"弟妇（即是妻的三妹）走到外边叫内弟起来，说，"阿玉死了！"他惊起不觉坠落床下。这时候医生已到来了，诊察的结果说疑是"流行性脑脊髓膜炎"，虽然征候还未全具，总之是脑的故障，危险很大。十二时又复痉挛，这回脑的方面倒还在其次了，心脏中了霉菌的毒非常衰弱，以致血行不良，皮肤现出黑色，在臂上捺一下，凹下白色的痕好久还不回复。这一日里，院长山本博士，助手蒲君，看护妇永井君、白君，前后都到，山本先生自来四次，永井君留住我家，帮助看病。第一天在混乱中过去了，次日病人虽不见变坏，可是一昼夜以来每两小时一回的樟脑注射毫不见效，心脏还是衰弱，虽然热度已减至三八至九度之间。这天下午因为病人想吃可可糖，我赶往哈达门去买，路上时时为不祥的幻想所侵袭，直到回家看见毫无动静这才略略放心。第三天是火曜日，勉强往学校去，下午三点半正要上课，听说家里有电话来叫，赶紧又告假回来，幸而这回只是梦呓，并未发生什么变化。夜中十二时山本先生诊后，始宣言性命可以无虑。十二日以来，经了两次的食盐注射，三十次以上的樟脑注射，身上拥着大小七个的冰囊，在七十二小时之末总算已离开了死之国土，这真是万幸的事了。

山本先生后来告诉川岛君说，那日曜日他以为一定不行的了。大约是第二天，永井君也走到弟妇的房里躲着下泪，她也觉得这小朋友怕要为了什么而辞去这个家庭了。但是这病人竟从万死中逃得一生，不知是那里来的力量。医呢，药呢，她自己或别的不可知之力呢？但我知道，如没有医药及大家的救护，她总是早已不存了。我若是一种宗派的信徒，我的感谢便有所归，而且当初的惊怖或者也可减少，但是我不能如此，我对于未知之力有时或感着惊异，却还没有致感谢的那么深密的接触。我现在所想致感谢者在人而不在自然。我很感谢山本先生与永井君的热心的帮助，虽然我也还不曾忘记四年前给我医治肋膜炎的劳苦。川岛斐君二君每日殷勤的访问，也是应该致谢的。

整整地睡了一星期，脑部已经渐好，可以移动，遂于十九日午前搬往医院，她的母亲和"姊姊"陪伴着，因为心脏尚须疗治，住在院里较为便利，省得医生早晚两次赶来诊察。现在温度复原，脉搏亦渐恢复，她卧在我曾经住过两个月的病室的床上，只靠着一个冰枕，胸前放着一个小冰囊，伸出两只手来，在那里唱歌。妻同我商量，若子的兄姊十岁的时候，都花过十来块钱，分给用人并吃点东西当作纪念，去年因为筹不出这笔款，所以没有这样办，这回病好之后，须得设法来补做并以祝贺病愈。她听懂了这会话的意思，便反对说，"这样办不好。倘若今年做了十岁，那么明年岂不还是十一岁么？"我们听了不禁破颜一笑。唉，这个小小的情景，我们在一星期前那里敢梦想到呢？

紧张透了的心一时殊不容易松放开来。今日已是若子病后的第十一日，下午因为稍觉头痛告假在家，在院子里散步，这才见到白的紫的丁香都已盛开，山桃灿漫得开始憔悴了，东边路旁爱罗先珂君回俄国前手植作为纪念的一株杏花已经零落净尽，只剩有好些绿蒂隐藏嫩叶的底下。春天过去了，在我们傍徨惊恐的几天里，北京这好像敷衍人似地短促的春光早已偷偷地走过去了。这或者未免可惜，我们今年竟没有好好地看一番桃杏花。但是花明年会开的，春天明年也会再来的，不妨等明年再看；我们今年幸而能够留住了别个一去将不复来的春光，我们也就够满足了。

今天我自己居然能够写出这篇东西来，可见我的凌乱的头脑也略略静定了，这也是一件高兴的事。十四年四月二十二日雨夜。

若子的死

若子字霓荪,生于中华民国四年十月二十三日午后十时,以民国十八年十一月二十日午前二时死亡,年十五岁。

十六日若子自学校归,晚呕吐腹痛,自知是盲肠,而医生误诊为胃病,次日复诊始认为盲肠炎,十八日送往德国医院割治,已并发腹膜炎,遂以不起。用手术后痛苦少已,而热度不减,十九日午后益觉烦躁,至晚忽啼曰,"我要死了",继以昏呓,注射樟脑油,旋清醒如常,迭呼兄姊弟妹名,悉为招来,唯兄丰一留学东京不得相见,其友人亦有至者,若子一一招呼,唯痛恨医生不置,常以两腕力抱母颈低语曰,"姆妈,我不要死。"然而终于死了。吁可伤已。

若子遗体于二十六日移放西直门外广通寺内,拟于明春在西郊购地安葬。

我自己是早已过了不惑的人,我的妻是世奉禅宗之教者,也当可减少甚深的迷妄,但是睹物思人,人情所难免,况临终时神志清明，一切言动，历在心头，偶一念及，如触肿疡，有时深觉不可思议，如此景情，不堪回首，诚不知当时之何以能担负过去也。如今才过七日，想执笔记若子的死之前后，乃属不可能的事，或者竟是永久不可能的事亦未可知；我以前曾写《若子的病》，今日乃不得不来写《若子的死》，而这又总写不出，此篇其终有目无文乎。只记若子生卒年月以为纪念云尔。十一月二十六日送殡回来之夜，岂明附记。

《雨天的书》初版中所载照相系五年前物，今撤去，改用若子今年所留遗影，此系八月十七日在北平所照，盖死前三个月也。又记。

死法

"人皆有死",这句格言大约是确实的,因为我们没有见过不死的人,虽然在书本上曾经讲过有这些东西,或称仙人,或是"尸忒卢耳不卢格"(Struldbrug),这都没有多大关系。不过我们既然没有亲眼见过,北京学府中静坐道友又都剩下蒲团下山去了,不肯给予凡人以目击飞升的机会,截至本稿上板时止本人遂不能不暂且承认上述的那句格言,以死为生活之最末后的一部分,犹之乎恋爱是中间的一部分,——自然,这两者有时并在一处的也有,不过这仍然不会打破那个原则,假如我们不相信死后还有恋爱生活。总之,死既是各人都有份的,那么其法亦可得而谈谈了。

统计世间死法共有两大类,一曰"寿终正寝",二曰"死于非命"。寿终的里面又可以分为三部。一是老熟,即俗云灯尽油干,大抵都是"喜丧",因为这种终法非八九十岁的老太爷老太太莫办,而渠们此时必已四世同堂,一家里拥上一两百个大大小小男男女女,实在有点住不开了,所以渠的出缺自然是很欢送的。二是猝毙，某一部机关发生故障，突然停止进行，正如钟表之断了发条，实在与磕破天灵盖没有多大差别，不过因为这是属于内科的，便是在外面看不出痕迹，故而也列入正寝之部了。三是病故，说起来似乎很是和善，实际多是那"秒生"（Bacteria）先生作的怪，用了种种凶恶的手段，谋害"蚁命"，快的一两天还算是慈悲，有些简直是长期的拷打，与"东厂"不相上下，那真是厉害极了。总算起来，一二都倒还没有什么，但是长寿非可幸求，希望心脏麻痹又与求仙之难无异，大多数人的运命还只是轮到病故，揆诸吾人避苦求乐之意实属大相径庭，所以欲得好的死法，我们不得不离了寿终而求诸死于非命了。

非命的好处便是在于他的突然，前一刻钟明明是还活着的，后一刻钟就直挺地死掉了，即使有苦痛（我是不大相信）也只有这一刻，这是他的独门好处。不过这也不能一概而论。十字架据说是罗马处置奴隶的刑具，把他钉在架子上，让他活活地饿死或倦死，约莫可以支撑过几天；茶毗是中世纪卫道的人对付异端的，不但当时烤得难过，随后还剩下些零星末屑，都觉得不很好。车边斤原是很爽利，是外国贵族的特权，也是中国好汉所欢迎的，但是孤另另的头像是一个西瓜，或是"柚子"，如一位友人在长沙所见，似乎不大雅观，因为一个人的身体太走了样了。吞金喝盐卤呢，都不免有点妇女子气，吃雅片烟又太有损名誉了，被人叫做烟鬼，即使生前并不曾"与芙蓉城主结不解缘"。怀沙自沉，前有屈大夫，后有……，倒是颇有英气的，只恐怕泡得太久，却又不为鱼鳖所亲，像治咳嗽的"胖大海"似的，殊少风趣。吊死据说是很舒服（注意：这只是据说，真假如何我不能保证），有岛武郎与波多野秋子便是这样死的，有一个日本文人曾经半当真半取笑地主张，大家要自尽应当都用这个方法。可是据我看来也有很大的毛病。什么书上说有缢鬼降乩题诗云：

　　　　目如鱼眼四时开，

　　　　身若悬旌终日挂。

（记不清了，待考；仿佛是这两句，实在太不高明，恐防是不第秀才做的。）又听说英国古时盗贼处刑，便让他挂在架上，有时风吹着骨节珊珊作响（这些话自然也未可尽信，因为盗贼不会都是锁子骨，然而"听说"如此，我也不好一定硬反对），虽然有点唐珊尼爵士（Lord Dunsany）小说的风味，总似乎过于怪异——过火一点。想来想去都不大好，于是乎最后想到枪毙。枪毙，这在现代文明里总可以算是最理想的死法了。他实在同丈八蛇矛嚓喇一下子是一样，不过更文明了，便是说更便利了，不必是张翼德也会使用，而且使用得那样地广和多！在身体上钻一个窟窿，把里面的机关搅坏一点，流出些蒲公英的白汁似的红水，这件事就完了：你看多么简单。简单就是安乐，这比什么病都好得多了。三月十八日中法大学生胡锡爵君在执政府被害，学校里开追悼会的时候，我送去一副对联，文曰：

　　　　什么世界，还讲爱国？

　　　　如此死法，抵得成仙！

这末一联实在是我衷心的颂辞。倘若说美中不足，便是弹子太大，掀去了一块皮肉，稍为触目，如能发明一种打鸟用的铁砂似的东西，穿过去好像是一支粗铜丝的痕，那就更美满了。我想这种发明大约不会很难很费时日，到得成功的时候，喝酸牛奶的梅契尼柯夫（Metchnikoff）医生所说的人的"死欲"一定也已发达，那么那时真可以说是"合之则双美"了。

我写这篇文章或者有点受了正冈子规的俳文《死后》的暗示，但这里边的话和意思都是我自己的。又上文所说有些是玩话，有些不是，合并声明。

案所说俳文《死后》已由张凤举先生译出，登在《沉钟》第六期上。十六年八月编校时再记。

志摩纪念

面前书桌上放着九册新旧的书,这都是志摩的创作,有诗,文,小说,戏剧,——有些是旧有的,有些给小孩们拿去看丢了,重新买来的。《猛虎集》是全新的,衬页上写了这几行字,"志摩飞往南京的前一天,在景山东大街遇见,他说还没有送你《猛虎集》,今天从志摩的追悼会出来,在景山书社买得此书。"

志摩死了,现在展对遗书,就只感到古人的人琴俱亡这一句话,别的没有什么可说。志摩死了,这样精妙的文章再也没有人能做了,但是,这几册书遗留在世间,志摩在文学上的功绩也仍长久存在。中国新诗已有十五六年的历史,可是大家都不大努力,更缺少锲而不舍地继续努力的人,在这中间志摩要算是唯一的忠实同志,他前后苦心地创办诗刊,助成新诗的生长,这个劳绩是很可纪念的,他自己又孜孜矻矻地从事于创作,自《志摩的诗》以至《猛虎集》,进步很是显然,便是像我这样外行也觉得这是显然。散文方面志摩的成就也并不小,据我个人的愚见,中国散文中现有几派，适之仲甫一派的文章清新明白，长于说理讲学，好像西瓜之有口皆甜，平伯废名一派涩如青果，志摩可以与冰心女士归在一派，仿佛是鸭儿梨的样子，流丽轻脆，在白话的基本上加入古文方言欧化种种成分，使引车卖浆之徒的话进而为一种富有表现力的文章，这就是单从文体变迁上讲也是很大的一个贡献了。志摩的诗，文，以及小说戏剧在新文学上的位置与价值，将来自有公正的文学史家会来精查公布，我这里只是笼统地回顾一下，觉得他半生的成绩已经很够不朽，而在这壮年，尤其是在这艺术地"复活"的时期中途凋丧，更是中国文学的一大损失了。

但是，我们对于志摩之死所更觉得可惜的是人的损失。文学的损失是公的，公摊了时个人所受到的只是一份，人的损失却是私的，就是分担也总是人数不会太多而分量也就较重了。照交情来讲，我与志摩不算顶深，过从不密切，所以留在记忆上想起来时可以引动悲酸的情感的材料也不很多，但即使如此我对于志摩的人的悼惜也并不少。的确如适之所说，志摩这人很可爱，他有他的主张，有他的派路，或者也许有他的小毛病，但是他的态度和说话总是和蔼真率，令人觉得可亲近，凡是见过志摩几面的人，差不多都受到这种感化，引起一种好感，就是有些小毛病小缺点也好像脸上某处的一颗小黑痣，他是造成好感的一小小部分，只令人微笑点头，并没有嫌憎之感。有人戏称志摩为诗哲，或者笑他的戴印度帽，实在这些戏弄里都仍含有好意的成分，有如老同窗要举发从前吃戒尺的逸事，就是有派别的作家加以攻击，我相信这所以招致如此怨恨者也只是志摩的阶级之故，而决不是他的个人。适之又说志摩是诚实的理想主义者，这个我也同意，而且觉得志摩因此更是可尊了。这个年头儿，别的什么都有，只是诚实却早已找不到，便是爪哇国里恐怕也不会有了罢，志摩却还保守着他天真烂漫的诚实，可以说是世所希有的奇人了。我们平常看书看杂志报章，第一感到不舒服的是那伟大的说谎，上自国家大事，下至社会琐闻，不是恬然地颠倒黑白，便是无诚意地弄笔头，其实大家也各自知道是怎么一回事，自己未必相信，也未必望别人相信，只觉得非这样地说不可，知识阶级的人挑着一副担子，前面是一筐子马克思，后面一口袋尼采，也是数见不鲜的事，在这时候有一两个人能够诚实不欺地在言行上表现出来，无论这是那一种主张，总是很值得我们的尊重的了。关于志摩的私德，适之有代为辩明的地方，我觉得这并不成什么问题。为爱惜私人名誉起见，辩明也可以说是朋友的义务，若是从艺术方面看去这似乎无关重要。诗人文人这些人，虽然与专做好吃的包子的厨子，雕好看的石像的匠人，略有不同，但总之小德逾闲与否于其艺术没有多少关系，这是我想可以明言的。不过这也有例外，假如是文以载道派的艺术家，以教训指导我们大众自任，以先知哲人自任的，我们在同样谦恭地接受他的艺术以前，先要切实地检察他的生活，若是言行不符，那便是假先知，须得谨防上他的当。现今中国的先知有几个禁得起这种检察的呢，这我可不得而知了。这或者是我个人的偏见亦未可知，但截至现在我还没有找到觉得更对的意见，所以对于志摩的事也就只得仍是这样地看下去了。

　　志摩死后已是二十几天了，我早想写小文纪念他，可是这从哪里去着笔呢？我相信写得出的文章大抵都是可有可无的，真的深切的感情只有声音，颜色，姿势，或者可以表出十分之一二，到了言语便有点儿可疑，何况又到了文字。文章的理想境界我想应该是禅，是个不立文字，以心传心的境界，有如世尊拈花，迦叶微笑，或者一声"且道"，如棒敲头，夯地一下顿然明了，才是正理，此外都不是路。我们回想自己最深密的经验，如恋爱和死生之至欢极悲，自己以外只有天知道，何曾能够于金石竹帛上留下一丝痕迹，即使呻吟作苦，勉强写下一联半节，也只是普通的哀辞和定情诗之流，哪里道得出一份苦甘，只看汗牛充栋的集子里多是这样物事，可知除圣人天才之外谁都难逃此难。我只能写可有可无的文章，而纪念亡友又不是可以用这种文章来敷衍的，而纪念刊的收稿期限又迫切了，不得已还只得写，结果还只能写出一篇可有可无的文章，这使我不得不重又叹息。这篇小文的次序和内容差不多是套适之在追悼会所发表的演辞的，不过我的话说得很是素朴粗笨，想起志摩平素是爱说老实话的，那么我这种老实的说法或者是志摩的最好纪念亦未可知，至于别的一无足取也就没有什么关系了。

民国二十年十二月十三日，于北平。

武者先生和我

方纪生先生从东京寄信来，经了三星期才到，信里说起前日见到武者小路先生，他对于我送他的晋砖砚很是喜欢，要给我一幅铁斋的画，托宫崎丈二先生带来，并且说道，那幅画虽然自己很爱，但不知道周君是否也喜欢。我在给纪生的回信里说，洋画是不懂，却也爱东洋风的画，富冈铁斋可以说是纯东洋的画家，我想他的画我也一定喜欢的。在《东西六大画家》中有铁斋的插画三幅，我都觉得很好，如《献新谷图》，如《荣启期带索图》，就是缩小影印的，也百看不厌，现在使我可以得到一张真迹，这实在是意外的幸事了。

我与武者小路先生初次相见是在民国八年秋天，已是二十四年前的事了。那时武者先生（平常大家这样叫他，现在也且沿用）在日本日向地方办新村，我往村里去看他，在万山之中的村中停了四天，就住在武者先生家的小楼上，后来又顺路历访大阪、京都、滨松、东京各新村支部，前后共花了十天的工夫。第二次是民国二十三年，我利用暑假去到东京闲住了两个月，与武者先生会见，又同往新村支部去谈话一次。第三次在民国三十年春间，我往京都东京赴东亚文化协会之会，承日本笔会的几位先生在星冈茶寮招待，武者先生也是其中之一人。今年四月武者先生往南京出席中日文化协会，转至北京，又得相见，这是第四次了。其时我因事往南京、苏州去走了一趟，及至回来，武者先生快要走了，只有中间一天的停留，所以我们会见也就只在那一天里，上午在北京饭店的庸报社座谈会上，下午来到我这里，匆匆的谈了一忽儿而已。这样计算起来，除了第一次的四天以外，我同武者先生聚谈的时候并不很多，可是往来的关系却已很久，所以两者间的友谊的确是极旧的了。承武者先生不弃，在他的文章里时时提及，又说当初相识彼此都在还没有名的时代，觉得这一点很有意思。其实这乃是客气的话，在二十四五年前，白桦派在日本文学上正很有名，武者先生是其领袖，我的胡乱写些文章，则确在这以后，却是至今也还不成气候，不过我们的交际不含有一点势利的分子，这是实在的事情。事变之后，武者先生常对我表示关心，大约是二十六年的冬天吧，在一篇随笔里说，不知现在周君的心情如何，很想一听他的真心话。当时我曾覆一信，大意说如有机缘愿得面谈，唯不想用文字有所陈说，盖如倪云林所言，说便容易俗，日本所谓野暮也。近来听到又复说起，云觉得与周君当无不可谈者，看了很是感动，却也觉得惭愧。两国的人相谈，甲有甲的立场，乙有乙的立场，因此不大容易说得拢，此是平常的情形，但这却又不难互相体察谅解，那时候就可以说得成一起了，唯天下事愈与情理近者便愈远于事实，故往往亦终以慨叹。我近来未曾与武者先生长谈深谈过，似乎有点可惜，但是我感觉满足，盖谈到最相契合时恐怕亦只是一叹喟，现在即使不谈而我也一样的相信，与武者先生当无不可谈，且可谈得契合，这是一种愉快同时也是幸福的事。最初听说武者先生要到中国来漫游，我以为是个人旅行，便写信给东京的友人，托其转带口信，请他暂时不必出来，因为在此乱世，人心不安，中国文化正在停顿，殊无可观，旅途辛苦，恐所得不偿所失。嗣知其来盖属于团体，自是别一回事了，武者先生以其固有的朴诚的态度，在中国留下极深的好印象，可谓不虚此行，私人方面又得一见面，则在我亦为有幸矣。唯愿和平告成后，中国的学问艺术少少就绪，其时再请武者先生枉驾光来，即使别无成绩可以表示，而民生安定，彼此得以开怀畅聚，将互举历来所未谈及者痛快陈之，且试印证以为必定契合者是否真是如此，亦是很有意思的事也。

至于我送给武者先生的那砖砚，与其说是砚，还不如说是砖为的当，那是一小方西晋时的墓砖，有元康九年字样，时为基督纪元二百九十九年，即距今一千六百四十四年前也。我当初搜集古砖，取其是在绍兴出土的，但是到了北京以后，就不能再如此了，也只取其古，又是工艺品，是一种有趣味的小古董而已。有人喜欢把它琢成砚，或是水仙花盆之类，我并不喜欢，不过既已做成了，也只好随它去。我想送给武者先生一块古砖，作为来苦雨斋的纪念，但是面积大，分量重的不大好携带，便挑取了这块元康断砖，而它恰巧是琢成砚形的，因此被称为砚。其实我是当作砖送他的，假如当砚用一定很不合适，好的砚有端溪种种正多着哩。古语云，抛砖引玉。我所抛的正是一块砖，不意却引了一张名人的画来，这正与成语相符，可谓巧合也矣。民国癸未秋分节。

上边这篇文章是九月下旬写的。因为那时报上记载，武者先生来华时我奉赠一砚，将以一幅画回赠，以为是中日文人交际的佳话。我便想说明，我所送的是一块砖，送他的缘固因是多年旧识，非为文人之故，不觉词费，写了三张稿纸。秋分节是二十四日，过了两天，宫崎先生来访，给我送来铁斋的那幅画。这是一个摺扇面，裱作立轴，上画作四人，一绿衣以爪杖搔背，一红衣以纸撚刺鼻，一绿衣蓝褂挑耳，一红衣脱巾两手抓发，座前置香炉一，茶碗三，纸二枚。上端题曰：

> 经月得楼飕，头懒垢不蘸，树间一梳理，道与精神会。痒处搔不及，赖有童子手，精微不可传，齬齿一转首。呿口眼尾垂，欲嚏将未发，竟以纸事，快等船出闸。耳痒欲抍去，猛省须用明，注目深探之，疏快满须发。

右李成德画理发搔背刺喷明耳四畅图赞，觉范所作，铁斋写并录。赞一末句会字，赞四次句省用字，均脱，今照《石门文字禅》卷十四原本补入。案南唐王齐翰有《挑耳图》，似此种图画古已有之，列为四畅，或始于李成德乎。据《清河书画舫》云，王画法学吴道子，李不知如何，唯飘逸之致则或者为铁斋所独有，但自己不懂画更甚于诗，亦不敢多作妄言也。铁斋生于天保七年（清道光十六年），大正十三年（民国十三年）除夕卒，寿八十九岁，唯《荣启期带索图》为其绝笔，则已署年九十矣。十月一日再记。

怀废名

余识废名在民十以前,于今将二十年,其间可记事颇多,但细思之又空空洞洞一片,无从下笔处。废名之貌奇古,其额如螳螂,声音苍哑,初见者每不知其云何。所写文章甚妙,但此是隐居西山前后事,《莫须有先生传》与《桥》皆是,只是不易读耳。废名曾寄住余家,常往来如亲属,次女若子亡十年矣,今日循俗例小作法事,废名如在北平,亦必来赴,感念今昔,弥增怅触。余未能如废名之悟道,写此小文,他日如能觅路寄予一读,恐或未必印可也。

以上是民国廿七年十一月末所写,题曰"怀废名",但是留得底稿在,终于未曾抄了寄去。于今又已过了五年了,想起要写一篇同名的文章,极自然的便把旧文抄上,预备拿来做个引子,可是重读了一遍之后,觉得可说的话大都也就有了,不过或者稍为简略一点,现在所能做的只是加以补充,也可以说是作笺注罢了。关于认识废名的年代，当然是在他进了北京大学之后，推算起来应当是民国十一年考进预科，两年后升入本科，中间休学一年，至民国十八年才毕业。但是在他来北京之前，我早已接到他的几封信，其时当然只是简单的叫冯文炳，在武昌当小学教师，现在原信存在故纸堆中，日记查找也很费事，所以时日难以确知，不过推想起来这大概总是在民九民十之交吧，距今已是二十年以上了。废名眉棱骨奇高，是最特别处。在《莫须有先生传》第四章中房东太太说，莫须有先生，你的脖子上怎么那么多的伤痕？这是他自己讲到的一点，此盖由于瘰疬，其声音之低哑或者也是这个缘故吧。

废名最初写小说，登在胡适之的《努力周报》上，后来结集为《竹林的故事》，为新潮社文艺丛书之一。这《竹林的故事》现在没有了，无从查考年月，但我的序文抄存在《谈龙集》里，其时为民国十四年九月，中间说及一年多前答应他做序，所以至迟这也就是民国十二年的事吧。废名在北京大学进的是英文学系，民国十六年张大元帅入京，改办京师大学校，废名失学一年余，及北大恢复乃复入学。废名当初不知是住公寓还是寄宿舍，总之在那失学的时代也就失所寄托，有一天写信来说，近日几乎没得吃了。恰好章矛尘夫妇已经避难南下，两间小屋正空着，便招废名来住，后来在西门外一个私立中学走教国文，大约有半年之久，移住西山正黄旗村里，至北大开学再回城内。这一期间的经验于他的写作很有影响，村居，读莎士比亚，我所推荐的《吉诃德先生》，李义山诗，这都是构成《莫须有先生传》的分子。从西山下来的时候，也还寄住在我们家里，以后不知是那一年，他从故乡把妻女接了出来，在地安门里租屋居住,其时在北京大学国文学系做讲师,生活很是安定了,到了民国二十五六年,不知怎的忽然又将夫人和子女打发回去,自己一个人住在雍和宫的喇嘛庙里。当然大家觉得他大可不必,及至芦沟桥事件发生,又很羡慕他,虽然他未必真有先知。废名于那年的冬天南归,因为故乡是拉锯之地,不能在大南门的老屋里安住,但在附近一带托迹,所以时常还可彼此通信,后来渐渐消息不通,但是我总相信他仍是在那一个小村庄里隐居,教小学生念书,只是多"静坐沉思",未必再写小说了吧。

翻阅旧日稿本,上边抄存两封给废名的信,这可以算是极偶然的事,现在却正好利用,重录于下。其一云:

> 石民君有信寄在寒斋,转寄或恐失落,信封又颇大,故拟暂留存,俟见面时交奉。星期日林公未来,想已南下矣。旧日友人各自上飘游之途,回想"明珠"时代,深有今昔之感。自知如能将此种怅惘除去,可以近道,但一面也不无珍惜之意,觉得有此怅惘,故对于人间世未能恝置,此虽亦是一种苦,目下却尚不忍即舍去也。匆匆。九月十五日。

时为民国二十六年,其时废名盖尚在雍和宫。这里提及"明珠",顺便想说明一下。废名的文艺的活动大抵可以分几个段落来说。甲是《努力周报》时代,其成绩可以《竹林的故事》为代表。乙是《语丝》时代,以《桥》为代表。丙是《骆驼草》时代,以《莫须有先生》为代表。以上都是小说。丁是《人间世》时代,以《读论语》这一类文章为主。戊是"明珠"时代,所作都是短文。那时是民国二十五年冬天,大家深感到新的启蒙运动之必要,想再来办一个小刊物，恰巧《世界日报》的副刊"明珠"要改编，便接受了来，由林庚编辑，平伯、废名和我帮助写稿，虽然不知道读者觉得如何，在写的人则以为是颇有意义的事。但是报馆感觉得不大经济，于二十六年元旦又断行改组，所以林庚主编的"明珠"只办了三个月，共出了九十二号，其中废名写了很不少，十月九篇，十一二月各五篇，里边颇有些好文章好意思。例如十月分的《三竿两竿》《陶渊明爱树》《陈亢》，十一月分的《中国文章》《孔门之文》，我都觉得很好。《三竿两竿》起首云：

中国文章，以六朝人文章为最不可及。

《中国文章》也劈头就说道：

中国文章里简直没有厌世派的文章，这是很可惜的事。

后边又说：

我尝想，中国后来如果不是受了一点佛教影响，文艺里的空气恐怕更陈腐，文章里恐怕更要损失好些好看的字面。

这些话虽然说的太简单，但意思极正确，是经过好多经验思索而得的，里边有其颠扑不破的地方。废名在北大读莎士比亚，读哈代，转过来读本国的杜甫、李商隐，《诗经》《论语》《老子》《庄子》，渐及佛经，在这一时期我觉得他的思想最是圆满，只可惜不曾更多述著，这以后似乎更转入神秘不可解的一路去了。

我的第二封信已在废名走后的次年，时为民国二十七年三月，其文云：

偶写小文，录出呈览。此可题曰"读大学中庸"，题目甚正经，宜为世所喜，惜内容稍差，盖太老实而平凡耳。唯亦正

> 以此故，可以抄给朋友们一看，虽是在家人亦不打诳语，此鄙人所得之一点滴的道也。日前寄一二信，想已达耶，匆匆不多赘。三月六日晨，知堂白。

所云前寄一二信悉未存底，唯《读大学中庸》一文系三月五日所写，则抄在此信稿的前面，今亦抄录于后：

> 近日想看《礼记》，因取郝兰皋笺本读之，取其简洁明了也。读《大学》《中庸》各一过，乃不觉惊异。文句甚顺口，而意义皆如初会面，一也。意义还是很难懂，懂得的地方也只是些格言，二也。《中庸》简直多是玄学，不佞盖犹未能全了物理，何况物理后学乎。《大学》稍可解，却亦无甚用处，平常人看看想要得点受用，不如《论语》多多矣。不知道世间何以如彼珍重，殊可惊诧，此其三也。从前书房里念书，真亏得小孩们记得住这些。不佞读下中时是十二岁了，愚钝可想，却也背诵过来，反覆思之，所以能成诵者，岂不正以其不可解故耶？

此文也就只是"明珠"式的一种感想小篇，别无深义，寄去后也不记得废名覆信云何，只在笔记一页之末录有三月十四日黄梅发信中数语云：

> 学生在乡下常无书可读，写字乃借改男的笔砚，乃近来常觉得自己有学问，斯则奇也。

寥寥的几句话，却很可看出他特殊的谦逊与自信。废名常同我们谈莎士比亚，庾信，杜甫，李义山，《桥》下篇第十八章中有云：

> 今天的花实在很灿烂，——李义山咏牡丹诗有两句我很喜欢，我是梦中传彩笔，欲书花叶寄朝云。你想，红花绿叶，其

实在夜里都布置好了，——朝云一刹那见。

此可为一例。随后他又谈《论语》《庄子》，以及佛经，特别是佩服《涅槃经》，不过讲到这里，我是不懂玄学的，所以就觉得不大能懂，不能有所评述了。废名南归后曾寄示所写小文一二篇，均颇有佳处，可惜一时找不出，也有很长的信讲到所谓道，我觉得不能赞一辞，所以回信中只说些别的事情，关于道字了不提及，废名见了大为失望，于致平伯信中微露其意，但既是平伯亦未敢率尔与之论道也。

　　关于废名的这一方面的逸事，可以略记一二。废名平常颇佩服其同乡熊十力翁，常与谈论儒道异同等事，等到他着手读佛书以后，却与专门学佛的熊翁意见不合，而且多有不满之意。有余君与熊翁同住在二道桥，曾告诉我说，一日废名与熊翁论僧肇，大声争论，忽而静止，则二人已扭打在一处，旋见废名气哄哄的走出，但至次日，乃见废名又来，与熊翁在讨论别的问题矣。余君云系亲见，故当无错误。废名自云喜静坐深思，不知何时乃忽得特殊的经验，趺坐少顷，便两手自动，作种种姿态，有如体操，不能自已，仿佛自成一套，演毕乃复能活动。鄙人少信，颇疑是一种自己催眠，而废名则不以为然。其中学同窗有为僧者，甚加赞叹，以为道行之果，自己坐禅修道若干年，尚未能至，而废名偶尔得之，可为幸矣。废名虽不深信，然似亦不尽以为妄。假如是这样，那么这道便是于佛教之上又加了老庄以外的道教分子，于不佞更是不可解，照我个人的意见说来，废名谈中国文章与思想确有其好处，若舍而谈道，殊为可惜。废名曾撰联语见赠云，微言欣其知之为诲，道心恻于人不胜天。今日找出来抄录于此,废名所赞虽是过量,但他实在是知道我的意思之一人,现在想起来,不但有今昔之感,亦觉得至可怀念也。三十二年三月十五日,记于北京。

玄同纪念

玄同于一月十七日去世，于今百日矣。此百日中，不晓得有过多少次，摊纸执笔，想要写一篇小文给他作纪念，但是每次总是沉吟一回，又复中止。我觉得这无从下笔。第一，因为我认识玄同很久，从光绪戊申在民报社相见以来，至今已是三十二年，这其间的事情实在太多了，要挑选一点来讲，极是困难。——要写只好写长篇，想到就写，将来再整理，但这是长期的工作，现在我还没有这余裕。第二，因为我自己暂时不想说话。《东山谈苑》记倪元镇为张士信所窘辱，绝口不言，或问之，元镇曰，一说便俗。这件事我向来很是佩服，在现今无论关于公私的事有所声说，都不免于俗，虽是讲玄同也总要说到我自己，不是我所愿意的事。所以有好几回拿起笔来，结果还是放下。但是，现在又决心来写，只以玄同最后的十几天为限，不多讲别的事，至于说话人本来是我，好歹没有法子，那也只好不管了。

廿八年一月三日，玄同的大世兄秉雄来访，带来玄同的一封信，其文曰：

> 知翁：元日之晚，召诒垄息来告，谓兄忽遇狙，但幸无恙，骇异之至，竟夕不宁。昨至丘道，悉铿诒炳扬诸公均已次第奉访，兄仍从容坐谈，稍慰。晚铁公来详谈，更为明了，唯无公情形，迄未知悉，但祝其日趋平复也。事出意外，且闻前日奔波甚剧，想日来必大感疲乏，愿多休息，且本平日宁静乐天之胸襟加意排解摄卫！弟自己是一个浮躁不安的人，乃以此语奉劝，岂不自量而可笑，然实由衷之言，非劝慰泛语也。旬日以来，雪冻路滑，弟懔履冰之戒，只好家居，惮于出门，丘道亦只去过两三次，且迂道黄城根，因怕走柏油路也。故尚须迟日拜访，但时向奉访者探询尊况。顷雄将走访，故草此纸。籀闇白。廿八，一，三。

这里需要说明的只有几个名词。丘道即是孔德学校的代称，玄同在那里有两间房子，安放书籍兼住宿，近两年觉得身体不好，住在家里，但每日总还去那边，有时坐上小半日。籀闇是其晚年别号之一。去年冬天曾以一纸寄示，上钤好些印文，都是新刻的，有肄籀，觚叟，籀庵居士，逸谷老人，忆菰翁等。这大都是从疑古二字变化来，如逸谷只取其同音，但有些也兼含意义，如觚籀本同一字，此处用为小学家的表征，菰乃是吴兴地名，此则有敬乡之意存焉。玄同又自号鲍山扩叟，据说鲍山亦在吴兴，与金盖山相近，先代坟墓皆在其地云。曾托张樾丞刻印，八月六日有信见告云：

>日前以三孔子赠张老丞,蒙他见赐圹叟二字,书体似颇不恶,盖颇像百衲本廿四史第一种宋黄善夫本《史记》也,唯看上一字,似应云,像人高踞床阑干之颠,岂不异欤!老兄评之以为何如?

此信原本无标点,印文用六朝字体,圹字左下部分稍右移居画下之中,故云然,此盖即鲍山圹叟之省文也。

十日下午玄同来访,在苦雨斋西屋坐谈,未几又有客至,玄同遂避入邻室,旋从旁门走出自去。至十六收到来信,系十五日付邮者,其文曰:

>起孟道兄:今日上午十一时得手示,即至丘道交与四老爷,而祖公即于十二时电四公,于是下午他们(四与安)和它们(《九通》)共计坐了四辆洋车将这书点交给祖公了。此事总算告一段落矣。日前拜访,未尽欲言,即挟《文选》而走。此《文选》疑是唐人所写,如不然,则此君撫唐可谓工夫甚深矣。……(案此处略去五句三十五字。)研究院式的作品固觉无意思,但鄙意老兄近数年来之作风颇觉可爱,即所谓"文抄"是也。"儿童……"(不记得那天你说的底下两个字了,故以虚线号表之)也太狭(此字不妥),我以为"似尚宜"用"社会风俗"等类的字面(但此四字更不妥,而可以意会,盖即数年来大作那类性质的文章,——愈说愈说不明白了),先生其有意乎?……(案此处略去七句六十九字。)旬日之内尚拟拜访面磬。但窗外风声呼呼,明日似又将雪矣,泥滑滑园,行不得也哥哥,则或将延期矣。无公病状如何?有起色否?甚

念！弟师黄再拜。廿八，一，十四，灯下。

这封信的封面写鲍缄，署名师黄则是小时候的名字，黄即是黄山谷。所云"九通"，是李守常先生的遗书，其后人窘迫求售，我与玄同给他们设法卖去，四祖诸公都是帮忙搬运交付的人。这件事说起来话长，又有许多感慨，总之在这时候告一段落，是很好的事。信中略去两节，觉得很是可惜，因为这里讲到我和他自己的关于生计的私事，虽然很有价值有意思，却亦就不能发表。只有关于《文选》，或者须稍有说明。这是一个长卷，系影印古写本的一卷《文选》，有友人以此见赠，十日玄同来时便又转送给他了。

我接到这信后即发了一封回信去，但是玄同就没有看到。十七日晚得钱太太电话，云玄同于下午六时得病，现在德国医院。九时顷我往医院去看，在门内廊下遇见稻孙、少铿、令杨、炳华诸君，知道情形已是绝望，再看病人形势刻刻危迫，看护妇之仓皇与医师之紧张，又引起十年前若子死时的情景，乃于九点三刻左右出院径归，至次晨打电话问少铿，则玄同于十时半顷已长逝矣。我因行动不能自由，十九日大殓以及二十三日出殡时均不克参与，只于二十一日同内人到钱宅一致吊奠，并送去挽联一副，系我自己所写，其词曰：

戏语竟成真，何日得见道山记。

同游今散尽，无人共话小川町。

这挽对上本撰有小注，临时却没有写上去。上联注云，"前屡传君归道山，曾戏语之曰，道山何在，无人能说，君既曾游，大可作记以示来者。君殁之前二日有信来，覆信中又复提及，唯寄到时君已不及见矣。"下联注云："余识君在戊申岁，其时尚号德潜，共从太炎先生听讲《说文解字》，每星期日集新小川町民报社。同学中龚宝铨、朱宗莱、家树人均先殁，朱希祖、许寿裳现在川陕，留北平者唯余与玄同而已。每来谈常及尔时出入民报社之人物，窃有开天遗事之感，今并此绝响矣。"挽联共作四副，此系最后之一，取其尚不离题，若太深切便病晦或偏，不能用也。

关于玄同的思想与性情有所论述，这不是容易的事，现在亦还没有心情来做这种难工作，我只简单的一说在听到凶信后所得的感想。我觉得这是一个大损失。玄同的文章与言论平常看去似乎颇是偏激，其实他是平正通达不过的人。近几年来和他商量孔德学校的事情，他总是最能得要领，理解其中的曲折，寻出一条解决的途径，他常诙谐的称为贴水膏药，但在我实在觉得是极难得的一种品格，平时不觉得，到了不在之后方才感觉可惜，却是来不及了，这是真的可惜。老朋友中间玄同和我见面时候最多，讲话也极不拘束而且多游戏，但他实在是我的畏友。浮泛的劝诫与嘲讽虽然用意不同，一样的没有什么用处。玄同平常不务苛求，有所忠告必以谅察为本，务为受者利益计，亦不泛泛徒为高论，我最觉得可感，虽或未能悉用而重违其意，恒自警惕，总期勿太使他失望也。今玄同往矣，恐遂无复有能规诫我者。这里我只是少讲私人的关系，深愧不能对于故人的品格学问有所表扬，但是我于此破了二年来不说话的戒，写下这一篇小文章，在我未始不是一个大的决意，姑以是为故友纪念可也。民国廿八年四月廿八日。

记杜逢辰君的事

此文题目很是平凡，文章也不会写得怎么有趣味，一定将使读者感觉失望，但是我自己却觉得颇得意，近十年中时时想到要写，总未成功，直至现在才勉强写出，这在我是很满足的事了。杜逢辰君，字辉庭，山东人，前国立北京大学学生，民国十四年入学，二十一年以肺病卒于故里。杜君在大学预科是日文班，所以那两年中是我直接的学生，及预科毕业，正是张大元帅登台，改组京师大学，没有东方文学系了，所以他改入了法科。十七年东北大恢复，我们回去再开始办预科日文班，我又为他系学生教日文，讲夏目氏的小说《我是猫》，杜君一直参加，而且继续了有两年之久，虽然他的学籍仍是在经济系。我记得那时他常来借书看，有森鸥外的《高濑舟》，志贺直哉的《寿寿》等，我又有一部高畠素之译的《资本论》，共五册，买来了看不懂，也就送给了他，大约于他亦无甚用处，因为他的兴趣还是在于文学方面。杜君的气色本来不大好，其发病则大概在十九年秋后，《骆驼草》第二十四期上有一篇小文曰《无题》，署名偶影，即是杜君所作，末署一九三〇年十月八日病中，于北大，可以为证。又查旧日记民国二十年分，三月十九日项下记云，下午至北大上课，以《徒然草》赠予杜君，又借予《源氏物语》一部，托李广田君转交。其时盖已因病不上课堂，故托其同乡李君来借书也。至十一月则有下记数项：

十七日，下午北大梁君等三人来访，云杜逢辰君自杀未遂，雇汽车至红十字疗养院，劝说良久无效，六时回家。

十八日，下午往看杜君病，值睡眠，其侄云略安定，即回。

十九日，上午往看杜君。

二十一日，上午李广田君电话，云杜君已迁往平大附属医院。

二十二日，上午孟云峤君来访。

杜君不知道是什么时候进疗养院的。在《无题》中他曾说，"我是常在病中，自然不能多走路，连书也不能随意地读。"前后相隔不过一年，这时却已是卧床不起了。在那篇文章又有一节云：

    这尤其是在夜里失眠时，心和脑往往是交互影响的。心越跳动，脑里宇宙的次序就越紊乱，甚至暴动起来似的骚扰。因此，心也跳动得更加厉害，必至心脑交瘁，黎明时这才昏昏沉沉地堕入不自然的睡眠里去。这真是痛苦不过的事。我是为了自己的痛苦才了解旁人的痛苦的呀。每当受苦时，不免要诅咒了：天地不仁，以万物为刍狗！

我们从这里可以看出病中苦痛之一斑，在一年后这情形自然更坏了，其计画自杀的原因据梁君说即全在于此。当时所用的不知系何种刀类，只因久病无力，所以负伤不重，即可治愈，但是他拒绝饮食药物，同乡友人无法可施，末了乃赶来找我去劝。他们说，杜君平日佩服周先生，所以只有请你去，可以劝得过来。我其实也觉得毫无把握，不过不能不去一走，即使明知无效，望病也是要去的。劝阻人家不要自杀，这题目十分难，简直无从着笔，不晓得怎么说才好。到了北海养蜂夹道的医院里，见到躺在床上，脖子包着绷带的病人，我说了些话，自己也都忘记了，总之说着时就觉得是空虚无用的，心里一面批评着说，不行，不行。果然这都是无用，如日记上所云劝说无效。我说几句之后，他便说，你说的很是，不过这些我都已经想过了的。末了他说，周先生平常怎么说，我都愿意听从，这回不能从命，并且他又说，我实在不能再受痛苦，请你可怜见放我去了罢。我见他态度很坚决，情形与平时不一样，杜君说话声音本来很低，又是近视，眼镜后面的目光总向着下，这回声音转高，除去了眼镜，眼睛张大，炯炯有光，仿佛是换了一个人的样子。假如这回不是受了委托来劝解来的，我看这情形恐怕会得默然，如世尊默然表示同意似的，一握手而引退了吧。现在不能这样，只得牴牾了好久，不再说理由，劝他好好将息，退了出来。第二天去看，听那看病的侄儿说稍为安定，又据孟君说后来也吃点东西了，大家渐渐放心。日记上不曾记着，后来听说杜君家属从山东来了，接他回家去，用雅片剂暂以减少苦痛，但是不久也就去世，这大约是二十一年的事了。

　　杜君的事情本来已是完结了，但是在那以后不知是从那一位，大概是李广田君罢，听到了一段话。据说在我去劝说无效之后，杜君就改变了态度，肯吃药喝粥了，所以我以为是无效，其实却是发生了效力。杜君对友人说，周先生劝我的话，我自己都已经想过了的，所以没有用处，但是后来周先生说的一节话，却是我所没有想到的，所以给他说服了。这一节是什么话，我自己不记得了，经李君转述大意如此：周先生说，你个人痛苦，欲求脱离，这是可以谅解的，但是现在你身子不是个人的了，假如父母妻子他们不愿你离去，你还须体谅他们的意思，虽然这于你个人是一个痛苦，暂为他们而留住。老实说，这一番话本极寻常，在当时智穷力竭无可奈何时，姑且应用一试，不意打动杜君自己的不忍之心，乃转过念来，愿以个人的苦痛去抵销家属的悲哀，在我实在是不及料的。我想起几句成语，日常的悲剧，平凡的伟大，杜君的事正当得起这名称。杜君的友人很感谢我能够劝他回心转意，不再求死，但我实是很惶恐，觉得很有点对不起杜君，因为听信我的几句话使他多受了许多的苦痛。我平常最怕说不负责的话，假如自己估量不能做的事，即使听去十分漂亮，也不敢轻易主张叫人家去做。这回因为受托劝解，搜索枯肠凑上这一节去，却意外的发生效力，得到严重的结果，对于杜君我感觉负着一种责任。但是考索思虑，过了十年之后，我却得到了慰解，因为觉得我不曾欺骗杜君，因为我劝他那么做，在他的场合固是难能可贵，在别人也并不是没有。一个人过了中年，人生苦甜大略尝过，这以后如不是老成转为少年，重复想纳妾再做人家，他的生活大概渐倾于为人的，为儿孙作马牛的是最下的一等，事实上却不能不认他也是这一部类，其上者则为学问为艺文为政治，他们随时能把生命放得下，本来也乐得安息，但是一直忍受着孜孜矻矻的做下去，牺牲一己以利他人，这该当称为圣贤事业了。杜君以青年而能有此精神，很可令人佩服，而我则因有劝说的关系，很感到一种鞭策，太史公所谓虽不能至，心向往之，或得如传说所云写且夫二字，有做起讲之意，不至全然打诞语欺人，则自己觉得幸甚矣。民国三十三年十月四日，记于北京。

附记

近日整理故纸堆，偶然找出一张纸来，长一尺八寸，宽约六寸，写字四行，其文曰："民国二十年一月三十日晨，梦中得一诗曰，偃息禅堂中，沐浴禅堂外，动止虽有殊，心闲故无碍。族人或云余前身为一老僧，其信然耶。三月七日下午书此，时杜逢辰君养病北海之滨，便持赠之，聊以慰其寂寞。作人于北平苦茶庵。"下未钤印，不知何以未曾送去，至今亦已不复记忆，但因此可以知道杜君在当时已进疗养院矣。老僧之说本出游戏，亦有传讹，儿时闻祖母说，余诞生之夕，有同高祖之叔父夜归，见一白须老人先入门，迹之不见，遂有此说，后乃衍为比丘耳。转生之说在鄙人小信岂遂领受，但觉得此语亦复育致，盖可免于头世人之讥也。十一月三十日。

半农纪念

七月十五日夜我们到东京，次日定居本乡菊坂町。二十日我同妻出去，在大森等处跑了一天，傍晚回寓，却见梁宗岱先生和陈女士已在那里相候。谈次陈女士说在南京看见报载刘半农先生去世的消息，我们听了觉得不相信，徐耀辰先生在座也说这恐怕又是别一个刘复吧，但陈女士说报上说的不是刘复而是刘半农，又说北京大学给他照料治丧，可见这是不会错的了。我们将离开北平的时候，知道半农往绥远方面旅行去了，前后相去不过十日，却又听说他病死了已有七天了。世事虽然本来是不可测的，但这实在来得太突然，只觉得出于意外，惘然若失而外，别无什么话可说。

半农和我是十多年的老朋友，这回半农的死对于我是一个老友的丧失，我所感到的也是朋友的哀感，这很难得用笔墨记录下来。朋友的交情可以深厚，而这种悲哀总是淡泊而平定的，与夫妇子女间沉挚激越者不同，然而这两者却是同样的难以文字表示得恰好。假如我同半农要疏一点，那么我就容易说话，当作一个学者或文人去看，随意说一番都不要紧。很熟的朋友都只作一整个的人看，所知道的又太多了，要想分析想挑选了说极难着手，而且褒贬稍差一点分量，心里完全明了，就觉得不诚实，比不说还要不好。荏苒四个多月过去了，除了七月二十四日写了一封信给半农的长女小蕙女士外，什么文章都没有写，虽然有三四处定期刊物叫我做纪念的文章，都谢绝了，因为实在写不出。九月十四日，半农死后整两个月，在北京大学举行追悼会，不得不送一副挽联，我也只得写这样平凡的几句话去：

  十六年尔汝旧交，追忆还从卯字号，

  廿余日驰驱大漠，归来竟作丁令威。

  这是很空虚的话，只是仪式上所需的一种装饰的表示而已。学校决定要我充当致辞者之一，我也不好拒绝，但是我仍是明白我的不胜任，我只能说说临时想出来的半农的两种好处。其一是半农的真。他不装假，肯说话，不投机，不怕骂，一方面却是天真烂漫，对什么人都无恶意。其二是半农的杂学。他的专门是语音学，但他的兴趣很广博，文学美术他都喜欢，做诗，写字，照相，搜书，讲文法，谈音乐。有人或者嫌他杂，我觉得这正是好处，方面广，理解多，于处世和治学都有用，不过在思想统一的时代，自然有点不合式。我所能说者也就是极平凡的这寥寥几句。

  前日阅《人间世》第十六期，看见半农遗稿《双凤凰专斋小品文》之五十四，读了很有所感。其题目曰"记砚兄之称"，文云：

    余与知堂老人每以砚兄相称，不知者或以为儿时同窗友也。其实余二人相识，余已二十七，岂明已三十三。时余穿鱼皮鞋，犹存上海少年滑头气，岂明则蓄浓髭，戴大绒帽，披马夫式大衣，俨然一俄国英雄也。越十年，红胡入关主政，北新封，语丝停，李丹忱捕，余与岂明同避菜厂胡同一友人家。小厢三楹，中为膳食所，左为寝室，席地而卧，右为书室，室仅一桌，桌仅一砚。寝，食，相对枯坐而外，低头共砚写文而已，砚兄之称自此始。居停主人不许多友来视，能来者余妻岂明妻而外，仅有徐耀辰兄传递外间消息，日或三四至也。时民国十六年，以十月二十四日去，越一星期归，今日思之，亦如梦中矣。

这文章写得颇好，文章里边存着作者的性格，读了如见半农其人。民国六年春间我来北京，在《新青年》上初见到半农的文章，那时他还在南方，留下一种很深的印象，这是几篇《灵霞馆笔记》，觉得有清新的生气，这在别人笔下是没有的。现在读这遗文，恍然记及十七年前的事，清新的生气仍在，虽然更加上一点苍老与着实了。但是时光过得真快，鱼皮鞋子的故事在今日活着的人里只有我和玄同还知道吧，而菜厂胡同一节说起来也有车过腹痛之感了。前年冬天半农同我谈到蒙难纪念，问这是那一天，我查旧日记，恰巧民国十六年中有几个月不曾写，于是查对《语丝》末期出版月日等，查出这是在十月廿四，半农就说下回要大举请客来作纪念，我当然赞成他的提议，去年十月不知道怎么一混大家都忘记了，今年夏天半农在电话里还说起，去年可惜又忘记了，今年一定要举行。然而半农在七月十四日就死了，计算到十月廿四日恰是一百天。

昔时笔祸同蒙难，菜厂幽居亦可怜。

　　算到今年逢百日，寒泉一盏荐君前。

这是我所作的打油诗，九月中只写了两首，所以在追悼会上不曾用，今见半农此文，便拿来题在后面。所云菜厂在北河沿之东，是土肥原的旧居，居停主人即土肥原的后任某少佐也，秋天在东京本想去访问一下，告诉他半农的消息，后来听说他在长崎，没有能见到。

还有一首打油诗，是拟近来很时髦的浏阳体的，结果自然是仍旧拟不像，其辞曰：

　　漫云一死恩仇泯，海上微闻有笑声。

　　空向刀山长作揖，阿旁牛首太狰狞。

半农从前写过一篇《作揖主义》，反招了许多人的咒骂。我看他实在并不想侵犯别人。但是人家总喜欢骂他，仿佛在他死后还有人骂。本来骂人没有什么要紧，何况又是死人，无论骂人或颂扬人，里边所表示出来的反正都是自己。我们为了交谊的关系，有时感到不平，实在是一种旧的惯性，倒还是看了自己反省要紧。譬如我现在来写纪念半农的文章，固然并不想骂他，就是空虚地说上好些好话，于半农了无损益，只是自己出乖露丑。所以我今日只能说这些闲话，说的还是自己，至多是与半农的关系罢了，至于目的虽然仍是纪念半农。半农是我的老朋友之一，我很悼惜他的死。在有些不会赶时髦结识新相好的人，老朋友的丧失实在是最可悼惜的事。

民国二十三年十一月三十日，于北平苦茶庵记。

自知不是容易事,
但也还想努力

谈儒家

中国儒教徒把佛老并称曰二氏，排斥为异端，这是很可笑的。据我看来，道儒法三家原只是一气化三清，是一个人的可能的三样态度，略有消极积极之分，却不是绝对对立的门户，至少在中间的儒家对于左右两家总不能那么歧视。我们且不拉扯书本子上的证据，说什么孔子问礼于老聃，或是荀卿出于孔门，等等，现在只用我们自己来做譬喻，就可以明白。假如我们不负治国的责任，对于国事也非全不关心，那么这时的态度容易是儒家的，发些合理的半高调，虽然大抵不违背物理人情，却是难以实行，至多也是律己有余而治人不足，我看一部《论语》便是如此，他是哲人的语录，可以做我们个人持己待人的指针，但决不是什么政治哲学。略为消极一点，觉得国事无可为，人生多忧患，便退一步愿以不才得终天年，入于道家，如《论语》所记的隐逸是也。又或积极起来，挺身出来办事，那么那一套书房里的高尚的中庸理论也须得放下，要求有实效一定非严格的法治不可，那就入于法家了。《论语·为政第二》云：

> 子曰，道之以政，齐之以刑，民免而无耻。道之以德，齐之以礼，有耻且格。

后者是儒家的理想，前者是法家的办法，孔子说得显有高下，但是到得实行起来还只有前面这一个法子，如历史上所见，就只差没有法家的那么真正严格的精神，所以成绩也就很差了。据《史记》四十九《孔子世家》云：

> 定公十四年，孔子年五十六，由大司寇行摄相事。于是诛鲁大夫乱政者少正卯。

那么他老人家自己也要行使法家手段了，本来管理行政司法与教书时候不相同，手段自然亦不能相同也。还有好玩的是他别一方面与那些隐逸们的关系。我曾说过，中国的隐逸大都是政治的，与外国的是宗教的迥异。他们有一肚子理想，但看得社会浑浊无可施为，便只安分去做个农工，不再来多管，见了那知其不可而为之的人，却是所谓惺惺惜惺惺，好汉惜好汉，想了方法要留住他，看晨门接舆等六人的言动虽然冷热不同，全都是好意，毫没有歧视的意味，孔子的应付也是如此，都是颇有意思的事。如接舆歌云，往者不可谏，来者犹可追，正是朋友极有情意的劝告之词，孔子下，欲与之言，与对于桓魋的蔑视，对于阳货的敷衍，态度全不相同，正是好例。因此我想儒法道三家本是一起的，那么妄分门户实在是不必要，从前儒教徒那样的说无非想要统制思想，定于一尊，到了现在我想大家应该都不再相信了罢。至于佛教那是宗教，与上述中国思想稍有距离，若论方向则其积极实尚在法家之上，盖宗教与社会主义同样的对于生活有一绝大的要求，不过理想的乐国一个是在天上，一个即在地上，略为不同而已。宗教与主义的信徒的勇猛精进是大可佩服的事，岂普通儒教徒所能及其万一，儒本非宗教，其此思想者正当应称儒家，今呼为儒教徒者，乃谓未必有儒家思想而挂此招牌之吃教者流也。

《苦茶随笔》小引

《困学纪闻》卷十八评诗有一节云：

> 忍过事堪喜，杜牧之《遣兴》诗也，吕居仁《官箴》引此误以为少陵。

翁注引《官箴》原文云：

> 忍之一字，众妙之门，当官处事，尤是先务，若能于清谨勤之外更行一忍，何事不办。《书》曰，必有忍其乃有济。此处事之本也。谚曰，忍事敌灾星。少陵诗曰，忍过事堪喜。此皆切于事理，非空言也。王沂公常言，吃得三斗酽醋方做得宰相，盖言忍受得事。

中国对于忍的说法似有儒释道三派，而以释家所说为最佳。《翻译名义集》卷七《辨六度法篇》第四十四云：

> 羼提，此云安忍。《法界次第》云，秦言忍辱，内心能安忍外所辱境，故名忍辱。忍辱有二种，一者生忍，二者法忍。云何名生忍？生忍有二种，一于恭敬供养中能忍不着，则不生

憍逸，二于瞋骂打害中能忍，则不生瞋恨怨恼。是为生忍。云何名法忍？法忍有二种，一者非心法，谓寒热风雨饥渴老病死等，二者心法，谓瞋恚忧愁疑淫欲憍慢诸邪见等。菩萨于此二法能忍不动，是名法忍。

《诸经要集》卷十下，六度部第十八之三，《忍辱篇》述意缘第一云：

盖闻忍之为德最是尊上，持戒苦行所不能及，是以羼提比丘被刑残而不恨，忍辱仙主受割截而无瞋。且慈悲之道救拔为先，菩萨之怀愍恻为用，常应遍游地狱，代其受苦，广度众生，施以安乐，岂容微有触恼，大生瞋恨，乃至角眼相看，恶声厉色，遂加杖木，结恨成怨。

这位沙门道世的话比较地说得不完备，但是辞句鲜明，意气发扬，也有一种特色。劝忍缘第二引《成实论》云：

恶口骂辱，小人不堪，如石雨鸟。恶口骂詈，大人堪受，如华雨象。

二语大有六朝风趣，自然又高出一头地了。中国儒家的说法当然以孔孟为宗，《论语》上的"小不忍则乱大谋"似乎可以作为代表，他们大概并不以忍辱本身为有价值，不过为要达到某一目的姑以此作为手段罢了。最显著的例是越王勾践，其次是韩信，再其次是张公艺，他为的要勉强糊住那九世同居的局面，所以只好写一百个忍字，去贴上一张大水膏药了。道家的祖师原是庄老，要挑简单的话来概括一下，我想《阴符经》的"安莫安于忍辱"这一句倒是还适当的吧。他的使徒可以推举唐朝娄师德、娄中堂出来做领班。其目的本在苟全性命于乱世，忍辱也只是手段，但与有大谋的相比较就显见得很有不同了。要说积极的好，那么儒家的忍自然较为可取，不过凡事皆有流弊，这也不是例外，盖一切钻狗洞以求富贵者都可以说是这一派的末流也。

且不管儒释道三家的优劣怎样，我所觉得有趣味的是杜牧之他何以也感到忍过事堪喜？我们心目中的小杜仿佛是一位风流才子，是一个堂骡（Don Juan），该是无忧无虑地过了一世的吧。据《全唐诗话》卷四云：

> 牧不拘细行，故诗有十年一觉扬州梦，赢得青楼薄幸名。

又《唐才子传》卷六云：

> 牧美容姿，好歌舞，风情颇张，不能自遏。时淮南称繁盛，不减京华，且多名姬绝色，牧恣心赏，牛相收街吏报杜书记平安帖子至盈篚。

这样子似乎很是阔气了，虽然有时候也难免有不如意事，如传闻的那首诗云：

> 自恨寻芳去较迟，不须惆怅怨芳时，如今风摆花狼藉，绿叶成阴子满枝。

但是，这次是失意，也还是风流，老实说，诗却并不佳。他什么时候又怎么地忍过，而且还留下这样的一句诗可以收入《官箴》里去的呢？这个我不能知道，也不知道他的忍是那一家派的。可是这句诗我却以为是好的，也觉得很喜欢，去年还在日本片濑地方花了二十钱烧了一只小花瓶，用蓝笔题字曰：

> 忍过事堪喜。甲戌八月十日于江之岛，书杜牧之句制此。
> 知堂。

瓶底画一长方印，文曰，"苦茶庵自用品"。这个花瓶现在就搁在书房的南窗下。我为什么爱这一句诗呢？人家的事情不能知道，自己的总该明白吧。自知不是容易事，但也还想努力。我不是尊奉它作格言，我是赏识它的境界。这有如吃苦茶。苦茶并不是好吃的，平常的茶小孩也要到十几岁才肯喝，咽一口酽茶觉得爽快，这是大人的可怜处。人生的"苦甜"，如古希腊女诗人之称恋爱，《诗》云，谁谓荼苦，其甘如荠。这句老话来得恰好。中国万事真真是"古已有之"，此所以大有意思欤。中华民国二十四年八月十五日，于北平苦竹斋，知堂记。

贵族的与平民的

关于文艺上贵族的与平民的精神这个问题，已经有许多人讨论过，大都以为平民的最好，贵族的是全坏的。我自己以前也是这样想，现在却觉得有点怀疑。变动而相连续的文艺，是否可以这样截然的划分；或者拿来代表一时代的趋势，未尝不可，但是可以这样显然的判出优劣么？我想这不免有点不妥，因为我们离开了实际的社会问题，只就文艺上说，贵族的与平民的精神，都是人的表现，不能指定谁是谁非，正如规律的普遍的古典精神与自由的特殊的传奇精神，虽似相反而实并存，没有消灭的时候。

人家说近代文学是平民的，十九世纪以前的文学是贵族的，虽然也是事实，但未免有点皮相。在文艺不能维持生活的时代，固然只有那些贵族或中产阶级才能去弄文学，但是推上去到了古代，却见文艺的初期又是平民的了。我们看见史诗的歌咏神人英雄的事迹，容易误解以为"歌功颂德"，是贵族文学的滥觞，其实他正是平民的文学的真鼎呢。所以拿了社会阶级上的贵族与平民这两个称号，照着本义移用到文学上来，想划分两种阶级的作品，当然是不可能的事。即使如我先前在《平民的文学》一篇文里，用普遍与真挚两个条件，去做区分平民的与贵族的文学的标准，也觉得不很妥当。我觉得古代的贵族文学里并不缺乏真挚的作品，而真挚的作品便自有普遍的可能性，不论思想与形式的如何。我现在的意见，以为在文艺上可以假定有贵族的与平民的这两种精神，但只是对于人生的两样态度，是人类共通的，并不专属于某一阶级，虽然他的分布最初与经济状况有关，——这便是两个名称的来源。

平民的精神可以说是淑本好耳所说的求生意志，贵族的精神便是尼采所说的求胜意志了。前者是要求有限的平凡的存在，后者是要求无限的超越的发展；前者完全是入世的，后者却几乎有点出世的了。这些渺茫的话，我们倘引中国文学的例，略略比较，就可以得到具体的释解。中国汉晋六朝的诗歌，大家承认是贵族文学，元代的戏剧是平民文学。两者的差异，不仅在于一是用古文所写，一是用白话所写，也不在于一是士大夫所作，一是无名的人所作，乃是在于两者的人生观的不同。我们倘以历史的眼光看去，觉得这是国语文学发达的正轨，但是我们将这两者比较的读去，总觉得对于后者有一种漠然的不满足。这当然是因个人的气质而异，但我同我的朋友疑古君谈及，他也是这样感想。我们所不满足的，是这一代里平民文学的思想，太是现世的利禄的了，没有超越现代的精神；他们是认人生，只是太乐天了，就是对于现状太满意了。贵族阶级在社会上凭藉了自己的特殊权利，世间一切可能的幸福都得享受，更没有什么歆羡与留恋，因此引起一种超越的追求，在诗歌上的隐逸神仙的思想即是这样精神的表现。至于平民，于人们应得的生活的悦乐还不能得到，他的理想自然是限于这可望而不可即的贵族生活，此外更没有别的希冀，所以在文学上表现出来的是那些功名妻妾的团圆思想了。我并不想因此来判分那两种精神的优劣，因为求生意志原是人性的，只是这一种意志不能包括人生的全体，却也是自明的事实。

我不相信某一时代的某一倾向可以做文艺上永久的模范，但我相信真正的文学发达的时代必须多少含有贵族的精神。求生意志固然是生活的根据，但如没有求胜意志叫人努力的去求"全而善美"的生活，则适应的生存容易是退化的而非进化的了。人们赞美文艺上的平民的精神，却竭力的反对旧剧，其实旧剧正是平民文学的极峰，只因他的缺点太显露了，所以遭大家的攻击。贵族的精神走进岐路，要变成威廉第二的态度，当然也应该注意。我想文艺当以平民的精神为基调，再加以贵族的洗礼，这才能够造成真正的人的文学。倘若把社会上一时的阶级争斗硬移到艺术上来，要实行劳农专政，他的结果一定与经济政治上的相反，是一种退化的现象，旧剧就是他的一个影子。从文艺上说来，最好的事是平民的贵族化，——凡人的超人化，因为凡人如不想化为超人，便要化为末人了。

爱的创作

《爱的创作》是与谢野晶子感想集的第十一册。与谢野夫人（她本姓凤）曾作过好些小说和新诗，但最有名的还是她的短歌，在现代歌坛上仍占据着第一流的位置。十一卷的感想集，是十年来所做的文化批评的工作的成绩，总计不下七八百篇，论及人生各方面，范围也很广大，但是都有精采，充满着她自己所主张的"博大的爱与公明的理性"，此外还有一种思想及文章上的温雅（Okuyukashisa），这三者合起来差不多可以表出她的感想文的特色。我们看日本今人的"杂感"类文章，觉得内田鲁庵的议论最为中正，与她相仿，唯其文章虽然更为轻妙，温雅的度却似乎要减少一点了。

《爱的创作》凡七十一篇，都是近两年内的著作。其中用作书名的一篇关于恋爱问题的论文，我觉得很有趣味，因为在这微妙的问题上她也能显出独立而高尚的判断来。普通的青年都希望一劳永逸的不变的爱，著者却以为爱原是移动的，爱人各须不断的创作，时时刻刻共相推移，这才是养爱的正道。她说：

> 人的心在移动是常态，不移动是病理。幼少而不移动是为痴呆，成长而不移动则为老衰的征候。
>
> 在花的趣味上，在饮食的嗜好上，在衣服的选择上，从少年少女的时代起，一生不知要变化多少回。正是因为如此，人的生活所以精神的和物质的都有进步。……世人的俗见常以为夫妇亲子的情爱是不变动的。但是在花与衣服上会变化的心，怎么会对于与自己更直接有关系的生活倒反不敏感地移动呢？
>
> 就我自己的经验上说，这二十年间我们夫妇的爱情不知经过多大的变化来了。我们的爱，决不是以最初的爱一贯继续下去，始终没有变动的，固定的静的夫妇关系。我们不断的努力，将新的生命吹进两人的爱情里去，破坏了重又建起，锻炼坚固，使他加深，使他醇化。……我们每日努力重新播种，每日建筑起以前所无的新的爱之生活。
>
> 我们不愿把昨日的爱就此静止了，再把他涂饰起来，称作永久不变的爱；我们并不依赖这样的爱。我们常在祈望两人的爱长是进化移动而无止息。
>
> 倘若不然，那恋爱只是心的化石，不能不感到困倦与苦痛了罢。
>
> 我们曾把这意见告诉生田长江君，他很表同意，答说，"理想的夫妇是每日在互换爱的新证书的。"我却想这样的说，更适切的表出我们的实感，便是说夫妇是每日在为爱的创作的。

凯本德在《爱与死之戏剧》上引用爱伦凯的话说,"贞义决不能约束的,只可以每日重新地去赢得。"又说,"在古代所谓恋爱法庭上,武士气质的人明白了解的这条真理,到了现今还必须力说,实在是可悲的事。恋爱法庭所说明的,恋爱与结婚不能相容的理由之一,便是说妻决不能从丈夫那边得到情人所有的那种殷勤,因为在情人当作恩惠而承受者,丈夫便直取去视若自己的权利。"理想的结婚便是在夫妇间实行情人们每日赢得交互的恩惠之办法。凯本德归结的说,"要使恋爱年年保存这周围的浪漫的圆光,以及这侍奉的深情,便是每日自由给与的恩惠,这实在是一个大艺术。这是大而且难的,但是的确值得去做的艺术。"这个爱之术到了现代已成为切要的研究,许多学者都着手于此,所谓爱的创作就是从艺术见地的一个名称罢了。

中国关于这方面的文章,我只见到张竞生君的一篇《爱情的定则》。无论他的文句有怎样不妥的地方,但我相信他所说的"凡要讲真正完全爱情的人不可不对于所欢的时时刻刻改善提高彼此相爱的条件。一可得了爱情上时时进化的快感,一可杜绝敌手的竞争"这一节话,总是十分确实的。但是道学家见了都着了忙,以为爱应该是永久不变的,所以这是有害于世道人心的邪说。道学家本来多是"神经变质的"(Neurotic),他的特征是自己觉得下劣脆弱;他们反对两性的解放,便因为自知如没有传统的迫压他必要放纵不能自制,如恋爱上有了自由竞争他必没有侥幸的希望。他们所希冀的是异性一时不慎上了他的钩,于是便可凭了永久不变的恋爱的神圣之名把她占有专利,更不怕再会逃脱。这好像是"出店不认货"

的店铺，专卖次货，生怕买主后来看出破绽要来退还，所以立下这样规则，强迫不慎的买主收纳有破绽的次货。真正用爱者当如园丁，想培养出好花，先须用上相当的精力，这些道学家却只是性的渔人罢了。大抵神经变质者最怕听于自己不利的学说，如生存竞争之说很为中国人所反对，这便因为自己没有生存力的缘故，并不是中国人真是酷爱和平；现在反对爱之移动说也正是同样的理由。但是事实是最大的威吓者，他们粉红色的梦能够继续到几时呢？

爱是给与，不是酬报。中国的结婚却还是贸易，这其间真差得太远了。

附记

近来阅蔼理斯的《性的心理研究》第五卷色情的象征，第六章中引法国泰耳特（G. Tarde）的论文《病的恋爱》，有这几句话："我们在和一个女人恋爱以前，要费许多时光；我们必须等候，看出那些节目，使我们注意，喜悦，而且使我们因此掩过别的不快之点。不过在正则的恋爱上，那些节目很多而且常变。恋爱的贞义无非是一种环绕着情人的航行，一种探险的航行而永远得着新的发见。最诚实的爱人，不会两天接续的同样的爱着一个女人。"他的话虽似新奇，却与《爱的创作》之说可以互相参证。编订时追记。

论骂人

有一天,一个友人问我怕骂否。我答说,从前我骂人的时候,当然不能怕被人家回骂,到了现在不再骂人了,觉得骂更没有什么可怕了。友人说这上半是"瓦罐不离井上破"的道理,本是平常,下半的话有李卓吾的一则语录似乎可作说明。这是李氏《焚书》附录《寒灯小话》的第二段,其文如下。

是夜(案第一段云九月十三夜)怀林侍次,见有猫儿伏在禅椅之下,林曰,这猫儿日间只拾得几块带肉的骨头吃了,便知痛他者是和尚,每每伏在和尚座下而不去。和尚叹曰,人言最无义者是猫儿,今看养他顾他时,他即恋着不去,以此观之,猫儿义矣。林曰,今之骂人者动以禽兽奴狗骂人,强盗骂人,骂人者以为至重,故受骂者亦自为至重,吁,谁知此岂骂人语也。夫世间称有义者莫过于人,你看他威仪礼貌,出言吐气,好不和美,怜人爱人之状,好不切至,只是还有一件不如禽兽奴狗强盗之处。盖世上做强盗者有二,或被官司逼迫,怨气无伸,遂尔遁逃,或是盛有才力，不甘人下，倘有一个半个怜才者，使之得以效用，彼必杀身图报，不宜忘恩矣。然则以强盗骂人，是不为骂人了，是反为赞叹称美其人了也。狗虽人奴，义性尤重，守护家主，逐亦不去，不与食吃，彼亦无嗔，自去吃屎，将就度日，所谓狗不厌家贫是也。今以奴狗骂人，又岂当乎？吾恐不是以狗骂人，反是以人骂狗了也。至于奴之一字，但为人使而不足以使人者咸谓之奴。世间曷尝有使人之人哉？为君者汉唯有孝高孝文孝武孝宣耳，余尽奴也，则以奴名人，乃其本等名号，而反怒人，何也？和尚谓禽兽畜生强盗奴狗既不足以骂人，则当以何者骂人，乃为恰当。林遂引数十种，如蛇如虎之类，俱是骂人不得者，直商量至夜分，亦竟不得。乃叹曰，呜呼，好看者人也，好相处者人也，只是一副肚肠甚不可看不可处。林曰，果如此，则人真难形容哉。世谓人皮包倒狗骨头，我谓狗皮包倒人骨头，未审此骂何如？和尚曰，亦不足以骂人。遂去睡。

此文盖系怀林所记，《坚瓠集》甲三云，

> 李卓吾侍者怀林甚颖慧，病中作诗数首，袁小修随笔载其一绝云，哀告太阳光，且莫急如梭，我有禅未参，念佛尚不多，亦可念也。

所论骂人的话也很聪明，要是仔细一想，人将真有无话可骂之概，不过我的意思并不是完全一样，无话可骂固然是一个理由，而骂之无用却也是别一个理由。普通的骂除了极少数的揭发阴私以外都是咒诅，例如什么杀千刀，乌焦火灭啦，什么王八兔子啦，以及辱及宗亲的所谓国骂，皆是。——有些人以为国骂是讨便宜，其实不是，我看英国克洛来（E. Crawley）所著《性与野蛮之研究》中一篇文章，悟出我们的国骂不是第一人称的直叙，而是第二人称的命令，是叫他去犯乱伦的罪，好为天地所不容，神人所共嫉，所以王八虽然也是骂的材料之一，而那种国骂中决不涉及他的配偶，可以为证。但是我自从不相信符咒以来，对于这一切诅骂也失了兴趣，觉得只可作为研究的对象，不值得认真地去计较我骂他或他骂我。我用了耳朵眼睛看见听见人家口头或纸上费尽心血地相骂，好像是见了道士身穿八卦衣手执七星木剑划破纸糊的酆都城，或是老太婆替失恋的女郎作法，拿了七支绣花针去刺草人的五官四体，常觉得有点忍俊不禁。我想天下一切事只有理与不理二法，不理便是不理，要理便干脆地打过去。可惜我们礼义之邦另有两句格言，叫做"君子动口，小人动手"，于是有所谓"口诛笔伐"的玩艺儿，这派的祖师大约是作《春秋》的孔仲尼先生，这位先生的有些言论我也还颇佩服，可是这一件事实在是不高明，至少在我看来总很缺少绅士态度了。本来人类是有点儿夸大狂的，他从四条腿爬变成两条腿走，从吱吱叫变成你好哇，又（不知道其间隔了几千或万年）把这你好哇一画一画地画在土石竹木上面，实在是不容易，难怪觉得了不得，对于语言文字起了一种神秘之感，于是而有符咒，于是而有骂，或说或写。然而这有什么用呢，在我没有信仰的人看来。出出气，这也是或种解释，不过在不见得否则要成鼓胀病的时候这个似乎也非必须。——天下事不能执一而论，凡事有如雅片，不吃的可以不吃，吃的便非吃不可，不然便要拖鼻泪打呵欠，那么骂不骂也没有多大关系，总之只"存乎其人"罢了。

女人骂街

阅《犊鼻山房小稿》，只有东游笔记二卷，记光绪辛巳壬午间从湖南至江苏浙江游居情况，不详作者姓氏，文章却颇可读。下卷所记以浙东为主，初游台州，后遂暂居绍兴一古寺中。十一月中有记事云：

戊申，与寺僧负暄楼头。适邻有农人妇曝菜篱落间，遗失数把，疑人窃取之，坐门外鸡栖上骂移时，听其抑扬顿挫，备极行文之妙。初开口如饿鹰叫雪，觜尖吭长，而言重语狠，直欲一句骂倒。久之意懒神疲，念艺圃辛勤，顾物伤惜，啧啧呦呦，且詈且诉，若惊犬之吠风，忽断复续。旋有小儿唤娘吃饭，妇推门而起，将入却立，蓦地念上心来，顿足大骂，声暴如雷，气急如火，如金鼓之末音，促节加厉，欲奋袂而起舞。余骇然回视，截然已止，箸响碗鸣，门掩户闭。僧曰，此妇当堕落。余曰，适读白乐天《琵琶行》与苏东坡《赤壁赋》终篇也。

这一节写得很好玩，却也很有意思。民间小戏里记得有王婆骂鸡一出，可见这种情形本是寻常，大家也都早已注意到了，不过这里犊鼻山人特别提出来与古文辞并论，自有见识，但是我因此又想起女人过去的光荣，不禁感慨系之。我们且不去查人类学上的证据，也可以相信女人是从前有过好时光的，无论这母权时代去今怎么辽远，她的统治才能至今还是潜存着，随时显露一点出来，替她做个见证。如上文所说的泼妇骂街，是其一。本来在生物中母兽是特别厉害的，不过这只解释得泼字，骂街的本领却别有由来，我想这里总可以见她们政治天才之百一吧。希腊市民从哲人研求辩学，市场公会乃能滔滔陈说，参与政事，亦不能如村妇之口占急就，而井井有条，自成节奏也。中国士大夫十载寒窗，专做赋得文章，讨武驱鳄诸文胸中烂熟，故要写劾奏讪谤之文，摇笔可成，若仓卒相骂，便易失措，大抵只能大骂混账王八旦，不是叫拿名片送县，只好亲自动手相打矣。两相比较，去之天壤。其次则妇女的挽歌，亦是一例。尝读法国美里美所作小说《科仑巴》，见其记科仑巴临老彼得之丧，自作哀歌，歌以代哭，闻之足使懦夫有立志，至今尚不忘记。此不独科耳西加岛为然，即在中国凡妇女亦多如此，不过且哭且歌，只哭中有词，不能成整篇的挽歌而已。以上所举虽然似乎都是小事，但我想这就已够证明妇女自有一种才力，为男子所不及，而此应付与组织则又正是政治本领之一也。

对妇女说母权时代的事，这不但是开天以前，简直已是羲皇以上，桑田沧海变化久远，遗迹留存，亦已微矣。偶阅陈廷灿在康熙初年所著《邮余闲记》初集，卷上有关于妇女的几节云：

> 人皆知妇女不可烧香看戏，余意并不宜探望亲戚及喜事宴会，即久住娘家亦非美事，归宁不可过三日，斯为得之。

> 居美妇人譬如蓄奇宝，苟非封藏甚密，守护甚严，未有不入穿窬之手。故凡女人，足不离内室，面不见内亲，声不使闻于外人，其或庶几乎。

> 余见一老人，年八十余，终身不娶。及问其故，曰，世无贞妇人，故不娶也。噫！激哉老人之言也，信哉老人之言也。——然不可为训。世岂无贞妇人哉，顾贞者不易得耳。但能御之以礼，闲之以法，而导之节义，则不贞者亦不得不转而为贞矣。

要证明近世男尊女卑的现象，只用最普通的《女儿经》的话也已足够了，我这里特别抄引兰亭陈君的文章，不但因为正在阅看此书，顺手可抄，实因其说得显露无隐讳耳。这一段落，不知道若干千年，恐怕老是在连续着，不佞幸而不生为妇人身，想来亦不禁愕然，身受者未知如何，而其间苦乐交错，似乎改变又非易易，再看世上各国也还没有什么好办法，可知此种成就总当在黄河清以后吧。

明末有清都散客，即是赵忠毅公赵梦白南星，著有《笑赞》一卷七十二则，其第五十一则云：

> 郡人赵世杰半夜睡醒，语其妻曰，我梦中与他家妇女交会，不知妇女亦有此梦否？其妻曰，男子妇人有甚差别。世

> 杰遂将其妻打了一顿。至今留下俗语云，赵世杰夜半起来打差别。
>
> 赞曰，道学家守不妄语为良知，此人夫妻半夜论心，似非妄语，然在夫则可，在妻则不可，何也？此事若问李卓吾，定有奇解。

案卓吾老子对于此事不曾有什么表示，盖因无人问他之故，甚为可惜，但他的意见在别的文章中亦可窥见一点，如《焚书》卷二《答以女人学道为见短书》中云：

> 故谓人有男女则可，谓见有男女岂可乎。

即此可知卓吾之意与赵世杰妻相同，以为男子妇人有甚差别也。此在卓吾说出意见或梦白提出疑问，固已难能可贵，但尚不能算很难，若赵世杰妻乃不可及，不佞涉猎杂书，殊未见第二人，武则天山阴公主犹不能比也。至于被打则是当然，卓吾亦正以是而被弹劾，梦白隐于笑话，幸而免耳。至赵世杰者乃是正统派，其学说流传甚远，上文所引《邮余闲记》诸条，实即是打差别的注疏札记，可以窥豹一斑矣。

李卓吾以后中国有思想的人要算俞理初了。《癸巳存稿》卷四有一篇小文，题曰"女"，末云：

> 《庄子·天道篇》云，尧告舜曰，吾不敖无告，不废穷民，苦死者，嘉孺子而哀妇人，此吾所以用心也。……盖持世之人未有不计及此者。

《癸巳类稿》卷十三《节妇说》中云：

> 古言终身不改，言身则男女同也。七事出妻，乃七改矣，

> 妻死再娶，乃八改矣。男子理义无涯涘，而深文以周妇人，是无耻之论也。

二者口气不一样，意思则与卓吾同。李越缦在日记中评之曰，"语皆偏谲，似谢夫人所谓出于周姥者，一笑。"这一句开玩笑的话，我觉得却是最好的批评。盖以周公而兼能了解周姥的立场，岂非真是圣人乎？卓吾理初虽其学派迥不相同，但均可以不朽矣。二十六年七月十日，在北平记。

论妒妇

俞正燮《癸巳类稿》卷十三有《妒非女人恶德论》，见识明达，其首节云：

> 妒在士君子为恶德，谓女人妒为恶德者非通论也。古见官文书者，宋明帝以湖孰令袁慆妻妒忌赐死，使近臣虞通之撰《妒妇记》。又以公主多妒，使人代江斅撰辞婚表，见《宋书·后妃传》。有云，姆奶争媚，相劝以严，妮媪竞前，相诒以急。声影才闻，少婢奔进，裾袂向席，老丑丛来。

到底六朝人有风致，这些描写都很妙，唐人所著《黑心符》专讲怕老婆的，或者可以相比。我在这里不禁想到世上所称的妒妇之威实在只是惧内之一面，原来并不是两件事情。明谢肇淛著《五杂俎》卷八有好些条都是论妒妇的，其一云：

> 妒妇相守，似是宿冤。世有勇足以驭三军而威不行于闺房，智足以周六合而术不运于红粉，俛音低眉，甘为之下，或含愤茹叹，莫可谁何。此非人生之一大不幸哉。

谢氏的意思大约与魏元孝友仿佛，以为一夫多妻是天经地义，假如"举朝既是无妾，天下殆将一妻"，那就太不成话了，然而没有办法，其原因只是怕耳。平常既是怕了，到了这最有利害关系的问题上，一方面自然更是严急，一方面也就更弄不好，又怕又霸，往往闹得很糟。《五杂俎》又有一条云：

> 人有为妒妇解嘲者曰，士君子情欲无节，得一严妇约束之，亦动心忍性之一端也，故谚有曰，到老方知妒妇功。坐客不能难也。余笑谓之曰，君知人之爱六畜者乎？日则哺之，夜则防护栅栏，唯恐豺狸盗而啖之，此岂真爱其命哉，欲充己口腹耳，为畜者但知人之爱己而不知人之自为也。妒妇得无似之乎。众乃大笑。

《妒非女人恶德论》中亦有类似的一节云：

> 《韩非子·内储说六微》二云，卫人有夫妻祷者，而祝曰，使我无故得百束布。其夫曰，何少也？对曰，益是子将以买妾。《意林》《典论》云，上洛都尉王琰以功封侯，其妻泣于内，恐富贵更娶妻妾。《三国志·袁绍传》注鱼豢《典略》亦同。此其夫必素佻达者。

这两则都写得很幽默又很痛快，但比较起来，富买妾贵易妻的行为至少总是佻达，而合理的充口腹却还是人情耳。俞正燮论定之曰，妒者妇人之常情，正是明言。但明遗民徐树丕说得更妙，见所著《识小录》卷一，题曰"戏柬客"，原文云：

> 有客与细君反目，戏柬贻之。——妇人不妒，百不得一，然而诚大难事。试作平等心论之，不妒妇人正与亡八对境。有

一男子于此，帷薄微污，相与诋呵斥辱，去之唯恐不远。有一妇人于此，小星当户，相与叹羡称扬，不啻奇珍异瑞。岂思欲恶爱憎，男女未尝不同，何至宽严相反若是，恐周姥设律定不尔尔也。——投笔为之大噱。

活埋庵道人是三百年前人物，乃有此等见识，较俞氏尤为彻透，可谓难得矣，即如今智识界的权威辈亦岂能及，此辈盖只能说说投机话耳，其佻达故无异于老祖宗也。

论泄气

俞曲园先生《茶香室三钞》卷六论大小便及泄气一条中引明李日华《六砚斋三笔》云：

> 李赤肚禁人泄气，遇腹中发动，用意坚忍，甚有十日半月不容走泄，久之则气亦静定，不妄动矣。此气乃谷神所生，与我真气相为联属，留之则真气得其协佐而日壮，轻泄之，真气亦将随之而走。

后又加案语颇为幽默：

> 案《东山经》云，沘水多芘鱼，食之不糠。糠即屁字。《玉篇》尸部，屁泄气也，米部，糠失气也，二字音近义同。然则如此鱼者，殆亦延年之良药耶？

中国的修道的人很像是极吝啬的守财奴，什么一点东西都不肯拿出去，至于可以拿进来的自然更是无所不要了。大抵野蛮人对于人身看得很是神秘，所以有吃人种种礼俗，取敌人的心肝脑髓做醒酒汤吃，就能把他的勇气增加在自己的上面。后代的医药里还保留着不少的遗迹，一方面有孝子的割股，一方面有方书上的天灵盖紫河车，红铅秋石，人中白人中黄，至今大约还很有人爱用，只是下气通这一件因为无可把握，未曾被收入药笼中，想起来未始不是一桩恨事。唯一的方法只有不让他放出去，留他在腹中协佐真气，大有补剂的效力，这与修道的咽自己的吐沫似是同样的手段，不过更是奇妙，却也更为难能罢了。

在某种时地泄气算是失仪。史梦兰的《异号类编》卷七引《乐善录》云，"邵箎以上殿泄气，出知东平。邵高鼻圈鬈发，王景亮目为泄气师子，"记得孙中山先生说中国人的坏脾气，也有两句云，"随意吐痰，自由放屁。"由此看来，在礼仪上这泄气的确是一种过失，不必说在修道求仙上是一个大障碍了。但是，仔细一想，这种过失却也情有可原，因为这实在是一种毛病。吐痰放屁，与呕吐遗矢溺原是同样的现象，不过后者多在倒醉或惊惶昏瞀中发现，而前者则在寻常清醒时，所以其一常被宽假为病态，其他却被指斥为恶相了。其实一个人整天到晚咯咯的吐痰，假如不真是十足好事去故意训练成这一套本领，那么其原因一定是实在有些痰，其为呼吸系统的毛病无疑，同样的可以知道多泄气者亦未必出于自愿，只因消化系统稍有障害，腹中发生这些气体，必须求一出路耳。上边所说的无论那一项，失态固然都是失态，但论其原因可以说是由于卫生状况之不良，而不知礼不知清洁还在其次。那么归根结底神仙家言仍是不可厚非，泄气不能成为仙人，也就不能成为健全国民，不健全即病也。病固可原谅，然而不能长生必矣。

中国人许多缺点的原因都是病。如懒惰，浮嚣，狡猾，虚伪，投机，喜刺激麻醉，不负责任，都是因为虚弱之故，没有力气，神经衰弱，为善为恶均力不从心：故至于此，原不止放屁一事为然也。世有医国手不知对于此事有何高见与良方，若敝人则对于医方别无心得，亦并无何种弟子可以负责介绍耳。

三天

在广告上见有一本学外国文的捷诀，说三天内可以成功。

我心里说道，这未免太少一点了。大抵要成就一件事，三天总还不够，除了行幻术，如指石成金，开顷刻花之类。这些奇迹据说可以在刹那中成就，但是要等候"回道人"下凡来的时候才行；这也不是三天之内可以等到的。

有一位民国的边疆大员，以前在日本留学的时节，竭力劝人学佛。他说，就是你们学什么德文法文，也都是白费工夫，只要学佛就好了，将来证果得了六神通，不论那一国文字，自然一看便懂。但是事隔十五六年之后，我于去年冬天看见他还在北京坐着马车跑，可见他也还未得到神通。（倘有了神通，他便可以用神足力，东涌西没，或南涌北没，当然不要马车了。）于是他的用神通力学外国文的捷诀，也就没有什么把握了。

《觉悟》上面曾经登过戴季陶先生的关于学日本文的谈话（记得系引用在施存统先生的文中），他说用功三年，可以应用，要能自由读书，总非五年不可。这实在是经验所得的老实话，我愿有志学外国文的人要相信他这话才好。在现今奇迹已经绝迹的时代，若要做事，除了自力以外无可依赖，也没有什么秘密真传可以相信，只有坚忍勤进这四个字便是一切的捷诀。至于三天四天这些话，只可以当作笑话说说罢了。

有人问我，你这样说，岂不太令人扫兴么？三天虽然不能速成，或者可以引起一点兴趣，使他们愿意继续学下去，也是好的。你如今说破，他们未免畏难，容易退缩，岂不反有害么？我当初听了也觉得有理，但仔细一想，却又不然。那决心用三五年工夫去学习的人，听了我的话当然不会灰心，或者反有点帮助。至于想在三天之内，学成一种外国文，这件事反正是不可能的，与其以后失望，还不如及早通知他，使他可以利用这三天去做别的事，倒还有一些着落。

卖药

我平常看报，本文看完后，必定还要将广告检查一遍。新的固然可以留心，那长登的也有研究的价值，因为长期的广告都是做高利的生意的，他们的广告术也就很是巧妙。譬如"侬貌何以美"的肥皂，"你爱吃红蛋么？"的香烟，即其一例，这香烟广告的寓意，我至今还未明白，但一样的惹人注意。至于"宁可不买小老婆，不可不看《礼拜六》"这种著者头上插草标的广告，尤其可贵，只可惜不能常有罢了。

报纸上平均最多的还是卖药的广告。但是同平常广告中没有卖米卖布的一样，这卖药的广告上也并不布告苏打与金鸡纳霜多少钱一两，却尽是他们祖传秘方的万应药。略举一例，如治羊角风、半身不遂、颠狂的妙药，注云，"此三症之病根发于肝胆者居多，最难医治，"但是他有什么灵丹，"治此三症奇效且能去根！"又如治瘰疬的药，注云，"瘰疬症最恶用西法割之，愈割愈长，"我真不懂，西洋人为什么这样的笨，对于羊角风、半身不遂、颠狂三症不用一种药去医治，而且"瘰疬症最恶用西法割之"，中原的鸿胪寺早已知道，他们为什么还是愈割愈长的去割之呢？——生计问题逼近前来，于是那背壶卢的螳螂们也不得不伸出臂膊去抵抗，这正同上海的黑幕文人现在起而为最后之斗一样，实在也是情有可原，然而那一班为社会所害，没有知识去寻求正当的药物和书物的可怜的人们，都被他们害的半死，或者全死了。

我们读屈塞（Chaucer）的《坎忒伯利故事》，看见其中有一个"医学博士"在古拙的木板画上画作一个人手里擎着一个壶卢，再看后边的注疏，说他的医法是按了得病的日子查考什么星宿值日，断病定药。这种巫医合一的情形，觉得同中国很像，但那是英国五百年前的事了。中国在五百年后，或者也可以变好多少，但我们觉得这年限太长，心想把他缩短一点，所以在此着急。而且此刻到底不是十四世纪了；那时大家都弄玄虚，可以鬼混过去，现在一切已经科学实证了，却还闭着眼睛，讲什么金木水火土的医病，还成什么样子？医死了人的问题，姑且不说，便是这些连篇的鬼话，也尽够难看了。

我们攻击那些神农时代以前的知识的"国粹医"，为人们的生命安全起见，是很必要的。但是我的朋友某君说，"你们的攻击，实是大错而特错。在现今的中国，中医是万不可无的。你看有多少的遗老遗少和别种的非人生在中国；此辈一日不死，是中国一日之害。但谋杀是违反人道的，而且也谋不胜谋。幸喜他们都是相信国粹医的，所以他们的一线死机，全在这班大夫们手里。你们怎好去攻击他们呢？"我想他的话虽然残忍一点，然而也有多少道理，好在他们医死医活，是双方的同意，怪不得我的朋友。这或者是那些卖药和行医的广告现在可以存在的理由。

半春

中国人的头脑不知是怎么样的,理性大缺,情趣全无,无论同他讲什么东西,不但不能了解,反而乱扯一阵,弄得一塌胡涂。关于涉及两性的事尤其糟糕,中国多数的读书人几乎都是色情狂的,差不多看见女字便会眼角挂落,现出兽相,这正是讲道学的自然的结果,没有什么奇怪。但因此有些事情,特别是艺术上的,在中国便弄不好了。最明显的是所谓模特儿问题。孙联帅传芳曾禁止美术学校里看"不穿裤子的姑娘",现在有些报屁股的操觚者也还在讽刺,不满意于这种诲淫的恶化。维持风教自然是极不错的,但是,据我看来,他们似乎把裸体画与春画,裸体与女根当作一件东西了,这未免使人惊异他们头脑之太简单。我常听见中流人士称裸体画曰"半春",也是一证,不过这种人似乎比较地有判断力了,所以已有半与不半之分。最近在天津的报上见到一篇文章,据作者说,描画裸体中国古已有之,如《杂事秘辛》即是,与现代之画盖很相近云。我的画史的知识极是浅薄,但据我所知道却不曾听说有裸体画而细写女根的部分者。在印度的瑜尼崇拜者，以及，那个，相爱者，那是别一个问题，可以不论；就一般有教养的人说起来，女根不会算作美，虽然也不必就以为丑，总之在美术上很少有这种的表现。率直地一句话，美术上所表现者是女性美之裸体而非女根，有魔术性之装饰除外，如西洋通用的蹄铁与前门外某银楼之避火符。法国文人果尔蒙（Remy de Gourmont）在所著《恋爱的物理学》第六章雌雄异形之三中说：

> 女性美之优越乃是事实。若强欲加以说明，则在其唯一原因之线的匀整。尚有使女体觉得美的，乃是生殖器不见这一件事。盖生殖器之为物，用时固多，不用时则成为重累，也是瑕疵；具备此物之故，原非为个人，乃为种族也。试观人类的男子，与动物不同而直立，故不甚适宜，与人扭打的时候，容易为敌人所觊觎。在触目的地位，特有余剩的东西，以致全身的轮廓美居中毁坏了。若在女子，则线的谐调比较男子实几何学的更为完全也。

照这样说来，艺术上裸女之所以为美者，一固由于异性之牵引，二则因线之匀整，三又特别因为生殖器不显露的缘故。中国人看裸体画乃与解剖书上之局部图等视，真可谓异于常人，目有X光也。报载清肃王女金芳麐患性狂，大家觉得很有趣味，群起而谈，其实这也何足为奇，中国男子多数皆患着性狂，其程度虽不一，但同是"山魈风"（Satyriasis）的患者则无容多疑耳。

模糊

郝兰皋《晒书堂诗钞》卷下有七律一首，题曰：

> 余家居有模糊之名，年将及壮，志业未成，自嘲又复自励。

诗不佳而题很有意思。其《笔录》卷六中有模糊一则，第一节云：

> 余少小时族中各房奴仆猥多，后以主贫渐放出户，俾各营生，其游手之徒多充役隶，余年壮以还放散略尽，顾主奴形迹几至不甚分明，然亦听之而已。余与牟默人居址接近，每访之须过县署门，奴辈共人杂坐，值余过其前，初不欲起，乃作勉强之色，余每迂道避之，或望见县门低头趋过，率以为常，每向先大夫述之以为欢笑。吾邑滨都官者丘长春先生故里也，正月十九是其诞辰，游者云集，余偕同人步往，未至宫半里许，见有策驴子来者是奴李某之子曰喜儿，父子充典史书役，邑人所指名也，相去数武外鞭驴甚驶，仰面径过。时同游李赵诸子问余适过去者不识耶？曰，识之。骑不下何耶？曰，吾虽

识彼，但伊齿卑少更历，容有不知也。后族中尊者闻之呼来询诘，支吾而已。又有王某者亦奴子也，尝被酒登门喧呼，置不问。由是家人被以模糊之名，余笑而领之。

清朝乾嘉经师中，郝兰皋是我所喜欢的一个人，因为他有好几种书都为我所爱读，而其文章亦颇有风致，想见其为人，与傅青主颜习斋别是一路，却各有其可爱处。读上文，对于他这模糊的一点感到一种亲近。寒宗该不起奴婢，自不曾有被侮慢的事情，不能与他相比，而且我也并不想无端地来提倡模糊。模糊与精明相对，却又与糊涂各别，大抵糊涂是不能精明，模糊是不为精明，一是不能挟泰山以超北海，一则不为长者折枝之类耳。模糊亦有两种可不可，为己大可模糊，为人便极不该了，盖一者模糊可以说是恕，二者不模糊是义也。傅青主著《霜红龛赋》中有一篇《荄蘪小赋》，末云：

子弟遇我，亦云奇缘。人间细事，略不谨谩。还问老夫，亦复无言。伥伥任运，已四十年。

后有王晋荣案语云：

先生家训云，世事精细杀，只成得好俗人，我家不要也。

则信乎，贤父兄之乐，小傅有焉。

可见这位酒肉道人在家里乡里也是很模糊的，可是二十多年前他替山西督学袁继咸奔走鸣冤，多么热烈，不像别位秀才们的躲躲闪闪，那么他还是大事不模糊的了。普通的人大抵只能在人间细事上精明，上者注心力于生计，还可以成为一个好俗人，下者就很难说。目前文人多专和小同行计较，真正一点都不模糊，此辈雅人想傅公更是不要了吧？

《晒书堂文集》卷五有《亡书失砚》一篇云：

> 昔年余有《颜氏家训》，系坊间俗本，不足爱惜，乃其上方空白纸头余每检阅随加笺注，积百数十条，后为谁何携去，至今思之不忘也。又有仿宋本《说文》，是旗人织造额公勒布捐资摹刊，极为精致，旧时以余《山海经笺疏》易得之者，甚可喜也，近日寻检不获，度亦为他人携去矣。司空图诗，得剑乍如添健仆，亡书久似忆良朋，岂不信哉。居尝每恨还书一痴，余所交游竟绝少痴人，何耶。又有蕉叶白端砚一方，系仿宋式，不为空洞，多鸲鹆眼，雕为悬柱，高下相生，如钟乳垂，颇可爱玩，是十年前胶西刘大木椽不远千余里携来见赠，作匣盛之，置厅事案间，不知为谁攫去，后以移居启视，唯匣存而已。不忘良友之遗，聊复记之。又余名字图章二，系青田石，大木所镌，或鬻于市，为牟若洲惇儒见告，遂取以还，而叶仲寅志诜曾于小市鬻得郝氏顿首铜印，作玉著文，篆法清劲，色泽古雅，叶精金石，云此盖元时旧物，持以赠余，供书翰之用，亦可喜也。因念前所失物，意此铜印数十年后亦当有持以赠人而复为谁所喜者矣。

这里也可以见他模糊之一斑，而文章亦复可喜，措辞质朴，善能达意，随便说来仿佛满不在乎，却很深切地显出爱惜惆怅之情，此等文字正是不佞所想望而写不出者也。在表面上虽似不同，我觉得这是《颜氏家训》的一路笔调，何时能得好些材料辑录为一部，自娱亦以娱人耶。郝君著述为我所喜读者尚多，须单独详说，兹不赘。

附记

模糊今俗语云麻糊,或写作马虎,我想这不必一定用动物名,还是写麻糊二字,南北都可通行。(十一月四日)

情理

管先生叫我替《实报》写点文章，我觉得不能不答应，实在却很为难。这写些什么好呢？

老实说，我觉得无话可说。这里有三种因由。一，有话未必可说。二，说了未必有效。三，何况未必有话。

这第三点最重要，因为这与前二者不同，是关于我自己的。我想对于自己的言与行我们应当同样地负责任，假如明白这个道理而自己不能实行时便不该随便说，从前有人住在华贵的温泉旅馆而嚷着叫大众冲上前去革命，为世人所嗤笑，至于自己尚未知道清楚而乱说，实在也是一样地不应当。

现在社会上忽然有读经的空气继续金刚时轮法会而涌起，这现象的好坏我暂且不谈，只说读九经或十三经，我的赞成的成分倒也可以有百分之十，因为现在至少有一经应该读，这里边至少也有一节应该熟读。这就是《论语》的《为政》第二中的一节：

子曰，由，诲汝知之乎，知之为知之，不知为不知，是知也。

这一节话为政者固然应该熟读,我们教书捏笔杆的也非熟读不可,否则不免误人子弟。我在小时候念过一点经史,后来又看过一点子集,深感到这种重知的态度是中国最好的思想,也与梭格拉底可以相比,是科学精神的源泉。

我觉得中国有顶好的事情,便是讲情理,其极坏的地方便是不讲情理。随处皆是物理人情,只要人去细心考察,能知者即可渐进为贤人,不知者终为愚人,恶人。《礼记》云,"饮食男女人之大欲存焉,死亡贫苦人之大恶存焉。"《管子》云,"仓廪实则知礼节,衣食足则知荣辱。"这都是千古不变的名言,因为合情理。现在会考的规则,功课一二门不及格可补考二次,如仍不及格则以前考过及格的功课亦一律无效。这叫做不合理。全省一二门不及格学生限期到省会考,不考虑道路的远近,经济能力的及不及。这叫做不近人情。教育方面尚如此,其他可知。

这所说的似乎专批评别人,其实重要的还是借此自己反省,我们现在虽不做官,说话也要谨慎,先要认清楚自己究竟知道与否,切不可那样不讲情理地乱说。说到这里,对于自己的知识还没有十分确信,所以仍不能写出切实有主张的文章来,上边这些空话已经有几百字,聊以塞责,就此住笔了。

附记

管翼贤先生来访,命为《实报》写"星期偶感",在星期日报上发表,由五人轮流执笔,至十一月计得六篇,便集录于此。

十一月廿六日记。

辩解

我常看见人家口头辩解，或写成文章，心里总很是怀疑，这恐怕未必有什么益处吧。我们回想起从前读过的古文，只有杨恽报孙会宗书，嵇康与山涛绝交书，文章实在写得很好，都因此招到非命的死，乃是笔祸史的资料，却记不起有一篇辩解文，能够达到息事宁人的目的的。在西洋古典文学里倒有一两篇名文，最有名的是柏拉图所著的《梭格拉底之辩解》，可是他虽然说的明澈，结果还是失败，以七十之高龄服毒人参（Koneion）了事。由是可知说理充足，下语高妙，后世爱赏是别一回事，其在当时不见得如此，如梭格拉底说他自己以不知为不知，而其他智士悉以不知为知，故神示说他是大智，这话虽是千真万真，但陪审的雅典人士听了那能不生气，这样便多投几个贝壳到有罪的瓶里去，正是很可能的事吧。

辩解在希腊罗马称为亚坡罗吉亚，大抵是把事情"说开"了之意，中国民间，多叫作冤单，表明受着冤屈。但是"兔在冪下不得走，益屈折也"的景象，平常人见了不会得同情，或者反觉可笑亦未可知，所以这种声明也多归无用。从前有名人说过，如在报纸上看见有声冤启事，无论这里说得自己如何仁义，对手如何荒谬，都可以不必理他，就只确实的知道这人是败了，已经无可挽救，嚷这一阵之后就会平静下去了。这个观察已是无情，总还是旁观者的立场，至多不过是别转头去，若是在当局者，问案的官对于被告本来是"总之是你的错"的态度，听了呼冤恐怕更要发恼，然则非徒无益而又有害矣。乡下人抓到衙门里去，打板子殆是难免的事，高呼青天大老爷冤枉，即使侥幸老爷不更加生气，总还是丢下签来喝打，结果是于打一场屁股之外，加添了一段叩头乞恩，成为双料的小丑戏，正是何苦来呢。古来懂得这个意思的人，据我所知道的有一个倪云林。余澹心编《东山谈苑》卷七有一则云：

> 倪元镇为张士信所窘辱，绝口不言，或问之，元镇曰，一说便俗。

两年前我尝记之曰：

> 余君记古人嘉言懿行，裒然成书八卷，以余观之，总无出此一条之右者矣。尝怪《世说新语》后所记，何以率多陈腐，或歪曲远于情理，欲求如桓大司马树犹如此之语，难得一见。云林居士此言，可谓甚有意思，特别如余君之所云，乱离之后，闭户深思，当更有感兴，如下一刀圭，岂止胜于吹竹弹丝而已哉。

此所谓俗，本来虽是与雅对立，在这里的意思当稍有不同，略如吾乡方言里的"魇"字吧，或者近于江浙通行的"寿头"，勉强用普通话来解说，恐怕只能说不懂事，不漂亮。举例来说，恰好记起《水浒传》来，这在第七回林教头刺配沧州道那一段里，说林冲在野猪林被两个公人绑在树上，薛霸拿起水火棍待要结果他的性命，林冲哀求时，董超道，"说什么闲话，救你不得。"金圣叹在闲话句下批曰，"临死求救，谓之闲话，为之绝倒。"本来也亏得做书的写出，评书的批出，闲话这一句真是绝世妙文，试想被害的向凶手乞命，在对面看来岂不是最可笑的费话，施耐庵盖确是格物君子，故设想得到写得出也。林武师并不是俗人，如何做的不很漂亮，此无他，武师于此时尚有世情，遂致未能脱俗。古人云，死生亦大矣，岂不痛哉，恋爱何独不然，因为恋爱死生都是大事，同时也便是闲话，所以对于"上下"我们亦无所用其不满。大抵此等处想要说话而又不俗，只有看梭格拉底的样一个办法，元来是为免死的辩解，而实在则唯有不逃死才能辩解得好，类推开去亦殊无异于大辟之唱《龙虎斗》，细思之正复可不必矣。若倪云林之所为，宁可吊打，不肯说闲话多出丑，斯乃青皮流氓"受路足"的派路，其强悍处不易及，但其意思甚有风致，亦颇可供人师法者也。

此外也有些事情，并没有那么重大，还不至于打小板子，解说一下似乎可以明白，这种辩解或者是可能的吧。然而，不然。事情或是排解得了，辩解总难说得好看。大凡要说明我的不错，势必先须说他的错，不然也总要举出些隐密的事来做材料，这却是不容易说得好，或是不大想说的，那么即使辩解得有效，但是说了这些寒伧话，也就够好笑，岂不是前门驱虎后门进了狼么？有人觉得被误解以至被损害侮辱都还不在乎，只不愿说话得宥恕而不免于俗，这样情形也往往有之，固然其难能可贵比不上云林居士，但是此种心情我们也总可以体谅的。人说误解不能免除，这话或者未免太近于消极，若说辩解不必，我想这不好算是没有道理的话吧。五月二十九日。

宣传

我向来有点不喜欢宣传，这本不过是个人的习性，有如对于烟酒的一种好恶，没有什么大道理在内，但是说起来时却亦自有其理由。宣传一语是外来的新名词，自从美国的"文学即宣传"这句口号流入中国文艺市场以后，流行遂益广远，几乎已经无人不知了。据说原语系从拉丁文变化出来，原意只是种花木的扦插或接换罢了，后来用作传道讲，普罗巴甘大这字始于一六二二年，就是这样用的，再由宗教而转成政治的意味，大约就不是什么难事。中国从前恐怕译作传教传道之类吧，宣传的新译盖来自日本，从汉文上说似是混合宣讲传道而成，也可以讲得过去，在近时的新名词中不得不说是较好的一部类了。

其实对于传道这名称我倒不是没有什么好感的。我读汉文《旧约全书》，第一觉得喜欢的是那篇《传道书》，《雅歌》实在还在其次。蔼理斯《感想录》第一卷中曾论及这两篇文章，却推重《传道书》，说含有更深的智慧，又云：

这真是愁思之书，并非厌世的，乃是厌世与乐天之一种微妙的均衡，正是我们所应兼备的态度，在我们要去适宜地把握住人生全体的时候。古希伯来人的先世的凶悍已经消灭，部落的一神教的狂热正已圆熟而成为宽广的慈悲，他的对于经济的热心那时尚未发生，在缺少这些希伯来特有的兴味的时代，这世界在哲人看来似乎有点空了，是虚空之住所了。

这样的传道很有意思，我们看了还要佩服，岂有厌弃之理，可是真正可佩服的传道者也只此一人，别的便自然都是别一路，说教集可以汗牛充栋，大抵没有什么可读，我们以理学书作比，可知此不全出于教外的诽谤矣。至于宣讲《圣谕广训》，向来不能出色，听说吴稚晖四十年前曾在苏州玩过这种把戏，想或是例外，但是吴公虽然口若悬河，也只宜于公园茶桌，随意乱谈，若戴上大帽，领了题目，去遵命发挥，难免蹶竭，别人更可不必说了。假若我的设想没有错，宣传由宗教而转入政治，其使用方法也正如名目所示，乃合传教与宣讲圣谕二者而成，鄙人虽爱读《传道书》，也觉得其间如有一条大堙，不容易逾越得过，自然也接受为难了。

我不喜欢宣传的理由大约可以说有两种，一是靠不住，一是说不好。不知怎的我总把宣传与广告拉在一起，觉得性质差不多相同，而商店的广告我是平常不很信任的。商业的目的固然第一是在获利，却亦不少公平交易，货真价实的店铺，所以不能一概而议，可是很奇怪的是日用必需最为切要的有如米面油盐鱼肉等店大都没有广告，在无报纸时代也还不贴招纸，因为有反正你少不得我这种自信，无须不必要的去嚷嚷，便是现今许多土膏店也是那么悃愊无华的做，一面拿得出货色来，一面又非吃不可，这样的互相依存，生意已有了十分光，语云，事实胜于雄辩，是也。翻过来看，从前招纸贴到官厕所的矮墙上，现在广告登满报纸的，顶多是药店，也并非生药而乃是现成的丸散膏丹，我们也不好一定说医屁股的药比医头的不高尚，总之觉得这些药都很可疑，至少难免有十分之九以上是江湖诀。不管是治什么东西，宣传的方法大抵差不多，积极方面如不说斋戒沐浴，也总是选择吉日，虔诚配合，吃了立见奇效，自无庸说，消极则是近有无耻之徒，鱼目混珠，结果是男盗女娼，破口大骂。这种说法我想殊欠高明，恐难得人家的信用，然而广告与宣传却老是那一副手段，或者因为没有别的方法也未可知，或者信用的老实人着实不少，所以不惜工本的做下去，也是可能的事，虽然这在我看去多少有点近于奇迹。至于说不好，即跟上文而来，差不多可以说是一件事，盖事情如有虚假，话也就难说得圆满，我们虽未学过包探术，唯读书见事稍多，亦可一见便晓，犹朝奉之看珠贝，大抵不大会得失眼也。

本来自然界亦自有宣传，即色香是已。动物且不谈，只就植物来说。古人云，桃李不言，下自成蹊。此何也？桃花有桃花的色，李花有李花的香，莫说万物之灵，便是文盲的蜂蝶也成群而至，此正是直接传达，其效力远胜于报上的求婚广告，却又并不需要分厘的费用。或曰，童二树画梅花，有冻蜂飞集纸上。因为同乡关系，我不想反驳这故事，但是那蜂我想当即飞去了吧，在他立刻觉得这是上了当的时候。大约此蜂专凭眼学，所以有此失，殊不知在这些事情上鼻子更为可恃。说部中记瞎子能以鼻辨别人高下休咎，齅一卷文有酸气，知其为秀才，此术今惜已不传，不然如用以相人与文，必大可凭信，较我们有眼人从文字上去辨香臭，更当事半而功倍矣。七月三日。

常识

轮到要写文章的时候了,文章照例写不出。这一个多月里见闻了许多事情,本来似乎应该有话可说,何况仅仅只是几百个字。可是不相干,不但仍旧写不出文章,而且更加觉得没有话说。

老实说,我觉得我们现在话已说得太多,文章也写得太多了。我坐在北平家里天天看报章杂志,所看的并不很多,却只看见天天都是话,话,话。回过头来再看实际,又是一塌糊涂,无从说起。一个人在此刻如不是闭了眼睛塞住耳朵,以至昧了良心,再也不能张开口说出话来。我们高叫了多少年的取消不平等条约的口号,实际上有若何成绩,连三十四年前的《辛丑条约》还条条存在。不知道那些专叫口号贴标语的先生那里去了,对于过去的事可以不必再多说,但是我想以后总该注重实行,不要再想以笔舌成事,因这与画符念咒相去不远,究竟不能有什么效用也。

古人云,"为治者不在多言,顾力行何如耳。"这原是很对的,但在有些以说话为职业的人,例如新闻记者,那么办呢?新闻而不说什么话，岂不等于酒店里没有酒，当然是不成。据我外行人想来，反正现在评论是不行，报告又不可，就是把北岩勋爵请来也是没有办法的，那么何妨将错就错（还是将计就计呢），去给读者做个谈天朋友，假如酒楼的柱子上贴着莫谈国事或其他二十年前的纸条，那么就谈谈天地万物，以交换智识而联络感情，不亦可乎。

我想，在言论不大自由的时代，不妨有几种报纸以评论政治报告消息为副课，去与平民为友，供给读者以常识。说到这里，图穷而匕首见，题目出来，文章也就可以完了。不过在这里要想说明一句，便是关于常识的解释，我们无论对于读者怎么亲切，在新闻上来传授洋蜡烛的制造法，或是复利的计算法，那总可不必罢。所谓常识乃只是根据现代科学证明的普通知识，在初中的几种学科里原已略备，只须稍稍活用就是了。如中国从前相信华人心居中，夷人才偏左，西洋人从前相信男人要比女人少一支肋骨，现在都明白并不是这么一回事。我们如依据了这种知识，实心实意地做切切实实的文章，给读者去消遣也好，捧读也好，这样弄下去三年五年十年，必有一点成绩可言。说这未必能救国，或者也是的，但是这比较用了三年五年的光阴再去背诵许多新鲜古怪的抽象名词总当好一点，至少我想也不至于会更坏一点吧。

责任

"天下兴亡，匹夫有责。"这是读书人常说的一句话，作为去干政治活动的根据的，据说这是出于顾亭林。查《日知录》卷十三有这样的几句云，"保国者，其君其臣肉食者谋之。保天下者，匹夫之贱与有责焉耳矣。"再查这一节的起首云，"有亡国，有亡天下。亡国与亡天下奚辨？曰，易姓改号，谓之亡国。仁义充塞而至于率兽食人，人将相食，谓之亡天下。"顾亭林谁都知道是明朝遗老，是很有民族意识的，这里所说的话显然是在排满清，表面上说些率兽食人的老话，后面却引刘渊石勒的例，可以知道他的意思。保存一姓的尊荣乃是朝廷里人们的事情，若守礼法重气节，使国家勿为外族所乘，则是人人皆应有的责任。我想原义不过如此，那些读书人的解法恐怕未免有点歪曲了吧。但是这责任重要的还是在平时，若单从死难着想毫无是处。倘若平生自欺欺人，多行不义，即使卜居柴市近旁，常往崖山踏勘，亦复何用。洪允祥先生的《醉余随笔》里有一节说得好：

《甲申殉难录》某公诗曰，愧无半策匡时难，只有一死报君恩。天醉曰，没中用人死亦不济事。然则怕死者是欤？天醉曰，要他勿怕死是要他拼命做事，不是要他一死便了事。

这是极精的格言，在此刻现在的中国正是对症服药。《日知录》所说匹夫保天下的责任在于守礼法重气节，本是一种很好的说法，现在觉得还太笼统一点，可以再加以说明。光是复古地搬出古时的德目来，把它当作符似地贴在门口，当作咒似地念在嘴里，照例是不会有效验的，自己不是巫祝而这样地祈祷和平，结果仍旧是自欺欺人，不负责任。我们现在所需要的是实行，不是空言，是行动，不是议论。这里没有多少繁琐的道理，一句话道，大家的责任就是大家要负责任。我从前曾说过，要武人不谈文，文人不谈武，中国才会好起来，也原是这个意思，今且按下不表，单提我们捏笔杆写文章的人应该怎样来负责任。这可以分作三点。一是自知。"知之为知之，不知为不知。"不知妄说，误人子弟，该当何罪，虽无报应，岂不惭愧。二是尽心。文字无灵，言论多难，计较成绩，难免灰心，但当尽其在我，锲而不舍，岁计不足，以五年十年计之。三是言行相顾。中国不患思想界之缺权威，而患权威之行不顾言，高卧温泉旅馆者指挥农工与陪姨太太者引导青年，同一可笑也。无此雅兴与野心的人应该更朴实的做，自己所说的话当能实践，自己所不能做的事可以不说，这样地办自然会使文章的虚华减少，看客掉头而去，但同时亦使实质增多，不误青年主顾耳。文人以外的人各有责任，兹不多赘，但请各人自己思量可也。

编后记

"周作人生活美学系列图书"包括周作人先生《都是可怜的人间》《我这有限的一生》《日常生活颂歌》三本著作以及《枕草子》《从前的我也很可爱啊》两本译作。此次出版，我们参照了目前流行的各种版本，查漏补缺，校正讹误。重新厘出"人生""生活"兼及周作人"旁观其他"的杂文主题，并重新拟定前述书名，这一套书只是从文学角度来阅读周作人，不代表任何其他立场。请知悉。

本书《都是可怜的人间》编辑过程中，由于作者生活所处年代，在标点、句式的用法上难免与现在的规范有所不同，为保持原著风貌，本版均未做改动。另外，各书中一些常用词汇亦与现在的写法不同，如以"支那"指代"中国"，"元来"即为"原来"，"雅片"即为"鸦片"，"出板"即为"出版"，"希奇"即为"稀奇"，"哑吧"即为"哑巴"，"计画"即为"计划"，"供献"即为"贡献"，"发见"即为"发现"，"元来"即为"原来"，"澈底"即为"彻底"，"豫告"即为"预告"，"徼幸"即为"侥幸"，"模胡"即为"模糊"，等等。并且，在当时的语言环境中，"的""地""得"不分与"做""作"混用现象也是平常的。请读者在阅读过程中，根据文意加以辨别区分。

本书中的一些译名也与现在一般通用的有所不同，如"亚列士多德"今译为"亚里士多德"，"梭格拉底"今译为"苏格拉底"，鲁迅的《朝华夕拾》今译为《朝花夕拾》等，本次出版也未做改动。

　　作者所引用日本古歌，因年代久远，无从考证，本次出版未做任何改动；译者引用的诗词与古文，由于译者所处年代以及所引用版本不同，部分与现今通行版本略有出入，为尊重译者，本次出版亦未做改动。

　　编书如扫落叶，难免有错讹疏漏，盼指正。

图书在版编目（CIP）数据

都是可怜的人间 / 周作人著. — 北京：北京时代华文书局, 2018.6（2023.5 重印）
ISBN 978-7-5699-2296-7

Ⅰ.①都… Ⅱ.①周… Ⅲ.①散文集－中国－现代 Ⅳ.① I266

中国版本图书馆 CIP 数据核字 (2018) 第 042653 号

都是可怜的人间
DOUSHI KELIANDE RENJIAN

著　　者	周作人
出 版 人	陈　涛
图书监制	陈丽杰工作室
选题策划	陈丽杰　柳聪颖
责任编辑	陈丽杰　柳聪颖
封面设计	熊　琼　云中 Design Workshop
版式设计	迟　稳
责任印制	訾　敬

出版发行｜北京时代华文书局 http://www.bjsdsj.com.cn
　　　　　北京市东城区安定门外大街 136 号皇城国际大厦 A 座 8 楼
　　　　　邮编：100011　电话：010 - 64267955　64267677

印　　刷｜三河市兴博印务有限公司　0316-5166530
　　　　　（如发现印装质量问题，请与印刷厂联系调换）

开　本	880mm×1230mm 1/32	印　张	7	字　数	150 千字
版　次	2019 年 3 月第 1 版	印　次	2023 年 5 月第 2 次印刷		
书　号	ISBN 978-7-5699-2296-7				
定　价	49.00 元				

版权所有，侵权必究